Adolph Freiherr von Knigge

Josephs von Wurmbrand politisches Glaubensbekenntnis

Adolph Freiherr von Knigge: Josephs von Wurmbrand politisches Glaubensbekenntnis.

Josephs von Wurmbrand, kaiserlich abyssinischen Exministers, jetzigen Notarii caesarii publici in der Reichsstadt Bopfingen, politisches Glaubensbekenntnis, mit Hinsicht auf die französische Revolution und deren Folgen. Erstdruck: Frankfurt und Leipzig [recte: Hannover (Christian Friedrich Helwing)] 1792.

Veröffentlicht von Contumax GmbH & Co. KG
Berlin, 2010
http://www.contumax.de/buch/
Gestaltung und Satz: Contumax GmbH & Co. KG
Druck und Bindung: Books on Demand GmbH, Norderstedt

ISBN 978-3-8430-5718-9

Inhalt

Vorrede 7
Einleitung 9
Erster Abschnitt 15
Zweiter Abschnitt 19
Dritter Abschnitt 23
Vierter Abschnitt 43
Fünfter Abschnitt 49
Sechster Abschnitt 55
Siebenter Abschnitt 65
Achter Abschnitt 71

Adolph Freiherr von Knigge

Josephs von Wurmbrand,

kaiserlich abyssinischen Exministers,
jetzigen Notarii caesarii publici
in der Reichsstadt Bopfingen,
politisches Glaubensbekenntnis,
mit Hinsicht auf die französische Revolution
und deren Folgen

Vorrede

Als ich anfing, dies Buch zu schreiben, da hatte ich, wie man aus der folgenden Einleitung sehen wird, von der wienerischen Zeitschrift nur noch erst die Ankündigung gelesen, die der Herausgeber derselben in dem »Hamburgischen Korrespondenten« hatte einrücken lassen und worin er die Unverschämtheit beging, des Kaisers Majestät als Mitarbeiter seines elenden Journals anzugeben. Kurz nachher erschien das erste Stück jener Zeitschrift, und da ich in demselben einige Männer, für welche ich Achtung hege, auf bübische Weise gelästert fand, so erklärte ich mich darüber im dritten Abschnitte. Gleich darauf kam Hoffmanns zweites Heft an das Licht; darin stand nun eine schändliche Lüge von mir, und das verleitete mich, nicht nur in öffentlichen Blättern, sondern auch an einigen Stellen in diesem Buche über Aloysius Hoffmann und sein Journal mehr Worte zu verlieren, als diese unwürdigen Gegenstände wert sind – der Leser wird das gütigst verzeihn.

Indessen bestärkte mich doch die Erfahrung, daß man jetzt solche Versuche gegen freimütige, wahrheitliebende Schriftsteller wagt, um sie verdächtig zu machen, in dem Vorsatze, nichts mehr über politische Gegenstände zu schreiben, ohne meinen Namen davorzusetzen; allein da die Form *dieses* Werks nicht mehr gestattete, daß ich dies auf dem Titelblatte tun konnte, beschloß ich, eine Vorrede mit meiner Unterschrift hinzuzufügen.

Meine Absicht dabei ist, das Publikum zu überzeugen, daß ich mir bewußt bin, meine Grundsätze sind von der Art, daß ich mich ihrer nicht zu schämen brauche und daß es noch Gegenden in Teutschland gibt, in welchen eine weise Regierung dem Schriftsteller die Freiheit gestattet, über Gegenstände, die der ganzen Menschheit wichtig sind, unbefangen, aber bescheiden seine Meinung zu sagen.

Ich bin – Dank sei der gütigen Vorsehung dafür! –, ich bin in einem Lande einheimisch, wo Wahrheit sich nicht zu verstecken braucht, wo der gütigste Monarch und die, denen er das Ruder des Staats anvertraut hat, keiner Zwangsmittel und überhaupt keiner künstlichen Anstalten bedürfen, um Aufruhr und Empörung zu hindern. Wenn ich also zuweilen ein wenig heftig gegen Beschränkung der natürlichen Freiheit eifre, so redet nicht Leidenschaft aus mir. Dies kann noch weniger der Fall sein, wenn ich von den ungerechten Anmaßungen der Edelleute und Priester rede. In diesen nördlichen Gegenden kennen wir den Despotismus aller Art, gottlob! nicht aus eigner traurigen Erfahrung; aber ich habe ehemals Gelegenheit gehabt, seine Greuel in der Nähe zu sehn; und das hat Eindrücke in mir zurückgelassen, die meinen Schilderungen einen Anstrich von Bitterkeit geben, welche nicht in meinem Herzen ist.

Übrigens hoffe ich, daß selbst die, welche mich zuweilen beschuldigen, ich sei zu parteiisch für eine demokratische Verfassung, wenn sie dies Buch einiger Aufmerksamkeit bis an das Ende würdigen wollen, finden werden, daß ich über diese Gegenstände nachgedacht habe, daß ich nicht zu den Enrages gehöre, daß ich vielmehr glaube, man könne ruhig und froh leben in jedem Lande, die Regierungsform möge auch sein, welche sie wolle, wenn nur eine weise Gesetzgebung alle Stände gegeneinander vor Mißhandlung sichert, und daß ich behaupte, wir haben in Teutschland keine Revolution weder zu befürchten noch zu wünschen Ursache, wenn nur die verschiednen Regierungen, statt die Aufklärung zu hindern, mit ihr Hand in Hand fortrücken und die Mittel, Ordnung zu erhalten, mit der Stimmung des Zeitalters in ein richtiges Verhältnis setzen.

Bremen, im Februar 1792

Adolph Freiherr Knigge

Einleitung

Es ist nun ein Jahr verflossen, seit mein Herr Vetter, der Advokat Benjamin Noldmann in Goslar, ehemaliger Baalomaal oder Gentilhomme de la Chambre am kaiserlichen Hofe in Gondar, seine »Geschichte der Aufklärung in Abyssinien« herausgab. Hätte er mich um Rat gefragt, so würde ich ihn davon abgemahnt haben, und ich erschrak nicht wenig, als mir das Buch zu Gesichte kam. Nicht daß ich glaubte, ein Gentilhomme de la Chambre dürfe nicht auch einmal ein historisch-philosophisch-politisches Werk herausgeben (hat doch der Gentilhomme ordinaire de la Chambre, Herr von Voltaire, deren viele in die Welt geschickt), allein ich kannte meinen Herrn Vetter zu gut, als daß ich nicht hätte ahnden sollen, er werde schwerlich unterlassen können, mit zuviel Feuer seine republikanischen Ketzereien auszukramen und andre ein wenig kühne Sätze einzumischen, die ihm leicht mißgedeutet und gefährliche Folgen für ihn haben könnten; denn da die beiden größten Mächte des Erdbodens, Dummheit und Bosheit, in allen Winkeln der Welt ihre Residenten und Agenten haben, welche jeden frei denkenden und frei redenden Mann als einen Aufrührer verdächtig machen, so ist es ein kitzliger Punkt, diesen sich bloßzustellen. Desfalls nun legte ich mich auf Kundschaft, um zu erfahren, welchen Eindruck jenes Buch auf das Publikum gemacht hätte; und da bestätigte sich denn wenigstens ein Teil dessen, was ich befürchtet hatte. Verschiedne geistliche Herrn fanden sich hauptsächlich dadurch beleidigt, daß darin von ihrem Stande und der edeln Dogmatik nicht mit der gehörigen Schonung wäre gesprochen worden; Edelleute meinten, Herr Noldmann möchte nur aus Neid sich gegen den erblichen Adel erklären, weil er selbst das Unglück hätte, von bürgerlicher Abkunft zu sein; Rechtsgelehrte sagten, Herr Noldmann müsse wohl ein schlechter Jurist sein, weil er mit Geringschätzung von der erhabensten und einträglichsten aller Wissenschaften redete; verschiedne Ärzte warfen ihm Undankbarkeit gegen die wohltätige und zuverlässige Heilkunde vor – kurz, wenn auch jeder heimlich alles so ziemlich der gesunden Vernunft gemäß fand, was mein Herr Vetter über Menschenrechte und bürgerliche Einrichtungen gesagt hatte, so ließ er doch das nicht gelten, was *seinen* besondern Stand anging. Nun nahm ich mir gleich damals vor, ein paar Bogen *wenigstens zu Verteidigung der politischen Grundsätze* des Herrn Noldmanns zu schreiben. Ich wollte darin ungefähr folgende Sätze ausführen: »In der ›Geschichte der Aufklärung von Abyssinien‹ sind Mißbräuche in den Staatsverfassungen gerügt, deren, mehr oder weniger, in jedem Lande angetroffen wer den. Das Bild der Ausartung der bürgerlichen Gesellschaften und ihres Widerspruchs mit den ersten Zwecken des Sozietätsvertrags ist zwar mit sehr starken Farben ausgemalt, aber nicht, als hätte der Verfasser dadurch zu erkennen geben wollen, daß alle diese Mißbräuche in allen Staaten herrschend wären, sondern nur, um aufmerksam zu machen auf die fürchterlichen Folgen, die notwendig entstehn müssen, wenn man sich immer weiter von den ursprünglichen, heiligen Rechten der Natur entfernt, zu zeigen, wie tief der raffinierte Despotismus mit allen seinen Ressorts, an der Hand des Luxus und der Sittenlosigkeit, die Völker herabwürdigen kann; wie dann aber selbst seine schimmernde Blüte den Samen zu einer neuen Sprosse trägt, welche hervorschießt, bald ihn selbst unterdrückt und weit umher Wurzel faßt; wie die lange Zeit hindurch mißhandelten Völker, wenn ihr Elend und der Druck aufs höchste gestiegen sind und sie, bei einer andern Ordnung oder Unordnung der Dinge, nichts verlieren, aber vielleicht alles gewinnen können, die Augen öffnen, an der eignen Fackel des Despotismus, nämlich an der Aufklärung, welche die feinere Kultur herbeigeführt hat, ihr Licht anzünden und damit endlich ihren armseligen Zustand beleuchten; wie hierauf vergebens alle Mittel angewendet werden, den Stärkern, dessen Namen Legio heißt, wenn er es einsehn gelernt hat, daß er der Stärkere ist, wieder unter das Joch des schwächern Einzelnen zurückzubringen, und welche gewaltsame Umkehrungen, welche blutige Kämpfe alsdann da erfolgen müssen, wo, wenn alle umstürzen helfen, jeder auf seine eigne Weise und zu seinem eignem Vorteile wieder aufbauen will. Heißt das Aufruhr predigen, wenn man ein solches Bild entwirft, damit man die Regierer der Völker warne, es dahin nicht durch eigne Schuld kommen zu lassen? wenn man ihnen begreiflich macht, daß es jetzt grade noch Zeit ist, die Saiten herunterzustimmen, wenn sie nicht reißen sollen? Nie ist dem Herrn Noldmann eingefallen, den Reformator zu spielen und alle Staaten nach dem neuen Systeme seines abyssinischen Prinzen ummodeln zu wollen; aber ein Ideal wollte er aufstellen, von einer nach den Grundsätzen der reinsten Vernunft und natürlichen Billigkeit errichteten Verbindung der Menschen zu einem Staatskörper. Es kömmt hier nicht auf die Möglichkeit der Ausführung, der Erreichung eines solchen Ideals, sondern darauf kömmt es an, daß man, durch Betrachtung desselben, sich überzeuge, wie weit man sich von demselben entfernt hat, damit man, bei Gründung einer neuen Konstitution, einen Maßstab habe, wonach man bestimmen möge, welche Schritte man zurück tun muß, um dem Ideale nahezukommen. Über solche der ganzen Menschheit wichtige Gegenstände kann nie genug nachgedacht, gesagt und geschrieben werden. Übrigens kann man ein sehr ruhiger Bürger sein und dennoch manches in seinem Vaterlande anders wünschen, als es ist, sich auch darüber gelegentlich deutlich herauslassen. Man kann gegen Mißbräuche in dogmatischen und gottesdienstlichen Sachen eifern und dennoch nicht nur sehr warm für Religion sein, sondern auch, ohne Heuchelei, die kirchlichen Gebräuche mitmachen, weil sie nun einmal so eingeführt sind. Man kann wünschen, daß alle geheime Verbindungen aufgehoben würden, und dennoch die Freimäurerlogen, die nun einmal da sind, besuchen und darin Gutes wirken. Man kann behaupten, daß, wenn man einen neuen Staat zu errichten hätte, man in demselben keine Schauspiele dulden wollte, und dennoch in dem Staate, darin man lebt, sich des Schauspiels annehmen. Man kann mit Enthusiasmus die Glückseligkeit einer republikanischen Verfassung erheben und dennoch ein sehr gehorsamer Untertan seines Monarchen sein. Man kann die Torheiten und Tücken der Menschen rügen und dennoch die Menschen herzlich lieben und seine eignen Fehler nicht mißkennen – kurz, der philosophische Schriftsteller muß über alles räsonieren dürfen; Räsonnements sind aber weder Gesetze noch Glaubensartikel, noch Fehdebriefe.«

Diese und ähnliche Sätze wollte ich zu Verteidigung meines Herrn Vetters dem geneigten Leser an das Herz legen, als mir die Ankündigung einer periodischen Schrift vor Augen kam, die nun bald in Wien hervortreten wird und in welcher man die neumodischen Philosophen entlarven, abfertigen und das Publikum vor diesen abscheulichen Volksaufrührern warnen will.

Nun läßt es sich gar nicht denken, daß, bei der Aufklärung und Denkfreiheit, welche jetzt im ganzen teutschen Reiche herrschen, einige niedrige, sklavische Schmeichler es wagen sollten, um für sich Pensionen und andre Vorteile zu erringen, dem politischen, theologischen und philosophischen Despotismus und der Verfinsterung das Wort zu reden, die guten Fürsten, die auf halbem Wege sind, ihren Völkern statt der eisernen, spröden Ketten der willkürlichen Gewalt die sanften und dauerhaften Bande der Gesetze, der Liebe und der Achtung anzulegen, mißtrauisch gegen die freimütigen, edeln Männer zu machen, die den Mut haben, ihnen, zu ihrem Heile, die Wahrheit zu sagen. Es läßt sich nicht denken, daß die Unternehmer jener periodischen Schrift boshafte Dummköpfe wären, welche sich verschworen hätten, jeden helldenkenden Mann, dessen Licht ihnen etwa zu sehr in die Augen schimmerte, bei dem Volke verdächtig zu machen, ihn zum Schweigen zu nötigen oder gar ihm Verfolgung im bürgerlichen Leben zuzuziehn. Es läßt sich nicht denken, daß namenlose, unberühmte Leute die Unverschämtheit haben würden, auf eigne Autorität, ein philosophisches Inquisitionsgericht anzulegen – nein, ich bin vielmehr überzeugt, daß die in Wien angekündigte Zeitschrift Männer zu Verfassern haben wird, die sich schon durch Schriften und Handlungen in den Ruf aufgeklärter, denkender, uneigennütziger und edler Eiferer für Wahrheit und Recht gesetzt, und daß diese den lobenswerten Zweck haben, echte philosophisch-politische Grundsätze zu entwickeln, diejenigen, welche sich ohne Kenntnis der Sache an Beurteilung großer Weltbegebenheiten wagen, gütlich zurechtzuweisen und durch Warnung und richtigen Volksunterricht den gefürchteten bösen Folgen vorzubeugen, welche unvorsichtig vorgetragne Sätze, von falschem Enthusiasmus irregeleiteter Schriftsteller, auf die allgemeine Stimmung haben könnten.

So wenigstens habe ich jene Ankündigung verstanden, und das hat mich bewogen, damit auch ich mein Scherflein zu dieser guten Absicht beitragen möchte, meinen ersten Plan, der nur auf Verteidigung des Herrn Benjamin Noldmanns ging, zu erweitern. Ich will nämlich in dieser Schrift die Frage abhandeln: *ob und in welchen Fällen den europäischen Staaten, bei der jetzigen, durch zunehmende Denk- und Preßfreiheit bewürkten Stimmung des Zeitalters, eine Staatsumwälzung bevorzustehn scheinen möchte?* Und da wohl ohne Zweifel die französische Revolution jetzt den größten Einfluß auf diese Stimmung hat, indem sie so manche Feder und Zunge in Bewegung setzt, so will ich meine Frage also einkleiden: *Welche Folgen haben wir von der französischen Revolution zu fürchten oder zu hoffen?*

Erster Abschnitt
Wer kann richtig über große Weltbegebenheiten urteilen

Über große Weltbegebenheiten kann am richtigsten erst von der Nachkommenschaft geurteilt werden; nur sie vermag mit kaltem Blute die Zeugnisse der Zeitgenossen, die, ohne Unterschied, alle mehr oder weniger parteiisch sind, zu prüfen und Ursachen, Würkungen und Folgen, die einen durch die andern, zu erklären.

Nur der, welcher auch nicht auf die entfernteste Weise mit den handelnden Personen in Verhältnissen steht, darf sich schmeicheln, ein unbefangner Richter zu sein, und das ist bei solchen Ereignissen, die auf ganze Staatskörper Einfluß haben, nie der Fall, solange wir selbst noch Glieder eines Staatskörpers sind.

Man wende hiergegen nicht ein, daß die Zeit die kleinen Vorfälle vergessen mache, die oft, mehr wie die großen, öffentlichen Ereignisse, als Triebfedern würken! Wer weiß nicht, mit welchen falschen Anekdoten sich die Neuigkeit des Tags trägt! Grade diese werden erst nach und nach berichtigt, erläutert, und das echt Charakteristische bleibt. Doch versteht sich's, daß ich hier von einem Zeitalter rede, in welchem Kultur und Philosophie nicht schlafen. Wer wird leugnen, daß wir jetzt richtiger über das Zeitalter Ludwig des Vierzehnten urteilen wie die, welche, während seiner Regierung, aus Menschenfurcht, aus Schmeichelei, aus falschen Enthusiasmus ihn bis in den Himmel erhoben oder aus Rache und Neid ihm vielleicht jede Art von Größe und Tugend absprachen? Wer möchte wohl eine allgemeine Geschichte der Reformation für zuverlässig halten, die im sechzehnten oder siebzehnten Jahrhunderte geschrieben wäre?

Das Gemälde muß erst aus einem Standpunkte beobachtet werden können, wo man es im Ganzen übersieht, ohne von dem Schimmer einzelner Farben, ohne von dem Interesse an einzelnen Gruppen geblendet, ohne durch die kleinen Details zerstreuet zu werden. Unsre individuellen Lagen aber, Vorliebe oder Widerwillen vor oder gegen unsre und fremde Verfassungen, gegen unsre und fremde Systeme, vor oder gegen Nationen und Personen, die entweder Beförderer oder Störer, Tadler oder Lobpreiser jener Gegenstände sind, determinieren uns, solange wir mitten in dem Gewühle leben. Kleine, unmerkliche Beziehungen stimmen uns zur Parteilichkeit gegen lebende Personen und gegenwärtige Dinge. Selbst auf den geübten Denker, der sich ganz kalt und unbefangen glaubt, würkt heimlich irgendeine von diesen Rücksichten; wäre es auch nur ein vaterländisches oder ein Erziehungsvorurteil, eine vorgefaßte Meinung von denen, welche sich der Sache annehmen, oder dergleichen.

So unwürdig eines Philosophen es ist, den Wert einer Unternehmung nicht nach der innern Güte des Zwecks und der Mittel, sondern nach dem Glücke oder Unglücke des Erfolgs zu würdigen, so scheint es doch bei manchen Fällen, wenn von politischen Umwälzungen die Rede ist, notwendig, sein Urteil nicht bloß nach moralischen und szientifischen Grundsätzen einzurichten, sondern der Zeit zu überlassen, dem praktischen Nutzen, den die Veränderung stiftet, der Konsequenz der angewendeten Mittel und der Möglichkeit der dauernden Ausführung das Wort zu reden. Da fallen denn nun freilich die Resultate oft ganz anders aus wie unsre Räsonnements. Als Amerion die heilige, unleugbare Befugnis des Menschen, unbestimmte oder von seiner Seite gebrochene Kontrakte wieder aufzuheben, sich fremden Schutz zu erbitten, wenn man sich selbst schützen kann, und die Früchte seines eignen Fleißes nach seiner eignen Weise zu genießen, gegen das uneigentlich sogenannte Mutterland gelten machen wollte, da eiferten nicht nur Moralisten und Rechtsgelehrte wider die Undankbarkeit der Kolonien, sondern die Staatspropheten sahen auch voraus, daß diese von eigennützigen Bösewichtern und Aufrührern irregeleitete, nicht von einem Geiste beseelte, unter sich selber durch Uneinigkeit getrennte Leute, ohne disziplinierte Armee, ohne Gesetze, ohne Bundesgenossen, ohne Geld, ohne Kredit, wenig ausrichten und bald zum Gehorsame würden zurückgeführt werden. Den Journal- und Bücherschreibern der damaligen Zeit, besonders dem empfindsamen Herrn Fähndrich Anburey, dessen Beschreibung von Nordamerika der Herr Geheimerat Forster übersetzt hat, schauderte die Haut bei Schilderung der Abscheulichkeiten, durch welche die verblendeten Amerikaner sich alles Mitleids unwert machten und ihr armes Land für Jahrhunderte in eine Wüstenei verwandelten. Er, und mit ihm nicht nur mancher andrer Fähndrich, sondern auch mancher General und Mann von Gewichte, beschrieb die Heere dieser Vagabonden als Räuberrotten, die kaum verdienten, von regulierten Truppen zu Paaren getrieben zu werden. Wer hätte auch glauben sollen, daß Leute ohne Schuhe und Strümpfe, die zuweilen bloß davonliefen, wo man schicklicher nach dem Takte hätte retirieren sollen, die nicht wußten, was deployieren und durchziehn und dergleichen hieß, und deren Anführer gemeine Kerl, ohne Geburt und Stand, waren, daß diese unsre bunten Männerchen, mit Gold und Silber geziert, die, unter Anführung von Lords, Grafen und Edelleuten, alles nach dem Tempo zu tun verstanden, schlagen, gefangennehmen und zum Lande hinausjagen würden? Die Zeitungen und Privatbriefe waren voll von Zwist und Spaltung, die unter den Mitgliedern des Kongresses herrschten, von Trennung und Unterwerfung einzelner Provinzen unter Britanniens Zepter, von allgemeiner Anarchie, Mord und Raube. Und wie sieht es jetzt mit diesen Rebellen aus, nachdem kaum der sechste Teil eines Menschenalters seit jener Zeit verflossen ist? Keine Spur mehr von Mangel, Unordnung und Gärung! In voller Würde, respektiert und gefürchtet von allen Völkern des Erdbodens, steht der neu errichtete Staat da, nachdem er seine Freiheit mutig errungen und sich einen ehrenvollen Frieden verschafft hat – ein wundersames politisches Phänomen! Menschen, unter verschiednen Himmelsstrichen geboren, nun in eine Nation zusammengeschmolzen. Provinzen, deren jede sich besondre Gesetze gemacht hat, zu einem großen Staatskörper vereinigt, ohne gemeinschaftliches einzelnes Oberhaupt, ohne Adel, ohne herrschende Religion, im höchsten Wohlstande und Flor, den nur Freiheit, Frieden, gute Polizei, Handel, Wissenschaften und Künste gewähren können, von Tage zu Tage zunehmend, in brüderlichem Bündnisse mit ihren ehemaligen Vormündern, ein Muster, dem andre Völker nachstreben! Wie gern würde mancher Fürst, der damals von den amerikanischen Rebellen mit der tiefsten Verachtung redete, jetzt mit großer Herablassung und Dankbarkeit von der amerikanischen Nation eine kleine Statthalterschaft für einen seiner Prinzen annehmen, wenn dies Volk es zu erkennen wüßte, wozu ein Fürstensohn taugt! Wie gern verfertigte jetzt ein Schriftsteller, der damals seine Federn gegen den Kongreß wetzte, eine Lobrede auf die vereinigten Provinzen, wenn ihm das ein Jahrgeld eintragen könnte!

Selten also urteilt die gegenwärtige Generation richtig über die großen Weltbegebenheiten ihrer Zeit; wenigstens wage sich niemand daran, der nicht oft den Versuch gemacht hat, mit philosophischem Blick, ohne Systemgeist, unparteiisch (soviel das möglich ist) über allgemeine Gegenstände der Politik, über die Vorteile und Nachteile einzelner Staatsverfassungen und, an der Hand der Geschichte, über die Ursachen des Glanzes und des Sturzes älterer Reiche und Völker nachzudenken! Es wage sich nicht an diese Arbeit der Mann, dem die kleinern Lokalumstände fremd sind, der den Geist, die Stimmung, den Grad der Kultur der Nation, wovon die Rede ist, nur aus Büchern kennt! Es wage sich nicht an diese Arbeit der Stubengelehrte, der bis dahin mehr mit verstorbnen als mit lebenden Menschen umgegangen ist und der die gewaltigen Stürme des Lebens, welche Leidenschaften aller Art erregen können, nur von dem Fenster seines warmen Studierzimmers herab in ihren fürchterlichen Folgen beäugelt, nie aber ein unmittelbar teilnehmender Zeuge dabei gewesen ist und nie die ersten, oft sehr kleinen Ursachen der Entstehung beobachtet hat! Endlich wage sich nicht an diese Arbeit der Reisende, der das Land mit Postpferden durchstreicht und aus den Gesprächen der einzelnen Anhänger dieser und jener Partei, die er bei seinem kurzen Aufenthalte in den Städten kennengelernt, den Stoff zu seinen allgemeinen Urteilen entlehnt!

Nach solchen Voraussetzungen wird man mich nicht in dem Verdacht haben, ich wolle diese Grundsätze bei meinem Räsonnement über die französische Revolution verleugnen oder ich hielte mich berufen, über dieselbe sowie über die Vorzüge und Mängel der neuen Konstitution zu entscheiden. Meine Absicht ist im Gegenteile, zu zeigen, wie wenig wir noch jetzt imstande sind, in dieser großen Begebenheit klar zu schauen, zu warnen vor übereilten Urteilen, zu unzeitiger Furcht und vor blindem Eifer und endlich aufmerksam zu machen auf die allgemeinen Grundsätze, von denen wir ausgehn müssen, wenn wir etwas Passendes von der französischen Staatsumwälzung und deren vermutlichen Folgen sagen wollen.

Zweiter Abschnitt
Bemerkungen über gewaltsame Revolutionen überhaupt

Nichts kömmt mir alberner vor, als wenn man sich in moralischen und politischen Gemeinsprüchen über die Befugnisse und Nichtbefugnisse einer ganzen Nation, ihre Regierungsform zu ändern, ergießt; wenn man darüber räsoniert, *was* ein Volk, wenn es sich empört, hätte tun sollen und *wie* es hätte besser und gelinder handeln können und sollen und ob zuviel oder zuwenig Blut dabei vergossen worden. Ja, wenn von einem Plane die Rede ist, den ein einzelner Mann entwirft, wenn die Frage ist, ob Brissac recht und weise handelte, als er, ehe Heinrich der Vierte sich auf dem Throne befestigt hatte, über dem Entwurfe brütete, aus Frankreich eine freie Republik zu machen, dann läßt sich vielleicht entscheiden, inwiefern er dazu Befugnis und Veranlassung hatte, ob er, bei der damaligen Stimmung und politischen Lage der Nation, sich mit einem glücklichen Erfolge schmeicheln durfte oder nicht und welche Mittel er hätte anwenden sollen und können, um seinen Zweck zu erreichen; wenn aber ein ganzes Volk, durch eine lange Reihe von würkenden Ursachen, dahin gebracht ist, seine bisherige Regierungsform, die nicht taugte, die nicht in die jetzigen Zeiten, nicht zu dem gegenwärtigen Grade der Kultur paßte, in welcher sich der größte Teil der Bürger unglücklich fühlte, mit Gewalt über den Haufen zu werfen, wenn sie alle hierzu durch einen Geist belebt werden, den ihre elende, verzweifelte Lage in ihnen erweckt hat, wenn dies also nicht nach einem bestimmt angeordneten Plane, sondern durch einen Windstoß geschieht, der auf einmal das Feuer, das lange unter der Asche geglimmt hatte, in helle Flammen auflodern macht – wer kann da Ordnung fordern? wer kann da bestimmen, ob zuviel oder zuwenig geschieht? Schreibe dem Meere vor, wie weit es fortströmen soll, wenn es den Damm durchbricht, den Jahrhunderte untergraben haben!

Und wenn auch bei solchen gewaltsamen Umwälzungen Szenen vorfallen, bei deren Anblicke die Menschheit zurückschaudert, wer trägt dann die Schuld dieser Greuel? Ganz gewiß mehr die, gegen welche man sich empört (oder vielleicht ihre Väter), als die Empörer selbst – auf sie, die entweder durch despotische Mißhandlungen das Volk aufs äußerste gebracht oder durch Beispiel und Beförderung des schändlichsten Luxus und aller Wollüste wahren Seelenadel und Einfalt der Sitten in allen Klassen der Bürger zerstört oder wenigstens, sorglos in ihrem Berufe, von boshaften, gleisnerischen, raubsüchtigen Schranzen umgeben, die Untertanen der Verführung, der Plünderung und dem Drucke preisgegeben, es gegen jede Herrschaft, gegen jeden Zwang erbittert, alle Herzen von sich abgelenkt haben – auf ihnen ruht die Sünde. Die Menschen im ganzen lieben Ruhe und Frieden, setzen nicht leicht den mäßigen, aber sichern Genuß des Gegenwärtigen aufs Spiel bei der Aussicht eines mühsam zu erkämpfenden ungewissen Künftigen; allein wenn der Despotismus es dahin gebracht hat, daß die Staatsverfassung einem Kriege aller gegen alle ähnlich sieht, wenn jeder nimmt, wo er ungestraft nehmen darf, niemand Gesetze anerkennt, sobald er sich Impunität erschleichen, ertrotzen oder erwürgen kann, wenn kein Eigentum mehr respektiert wird, wenn kein Bürger sicher ist, den Erwerb seines Fleißes vor den Klauen der Raubtiere bewahren zu können, wenn man endlich doch Leben und Freiheit wagt, man spiele das große Spiel mit oder nicht – wer wird es dann auch dem Sanftmütigsten zum Verbrechen machen wollen, daß er, statt sich geduldig schinden zu lassen, mit dreinschlägt, mit zugreift, da, wo soviel zu gewinnen und keine andre Gefahr zu laufen ist, als die ihm, nicht weniger, täglich in seiner friedlichen Hütte drohte, als er sich auch nicht regte?

Überhaupt ist es ganz verlorne Mühe, zu räsonieren über die Befugnisse eines Volkes, seine Regierungsverfassung zu ändern. In den großen Plan der Schöpfung gehören diese Umkehrungen; sie sind unvermeidlich; sie werden herbeigeführt durch die Ebben und Fluten der Kultur; die Menschen sind nur die Werkzeuge in der Hand der alles ordnenden Vorsehung. Ist der Zeitpunkt da, stimmen alle Umstände dazu ein, so sind alle Würkungen einzelner Leute, alle Anstalten der Regenten, alle Predigten und Deklamationen dagegen vergeblich. Das Recht des Stärkern ist in der ganzen Natur herrschend. Worauf sonst als auf dieses Recht gründen die Despoten ihre Gewalt? womit sonst als mit diesem Rechte des Stärkern machen sie uns, an der Spitze von hunderttausend Mann, die Gründe, worauf ihre

Deduktionen gestützt sind, anschaulich? Ist dies Recht aber nicht auf ihrer Seite, so haben auch ihre Gründe wenig Gewicht, und sie müssen dem nachgeben, der mit mehr Nachdruck den Beweis seiner Rechtmäßigkeit führt. Von der Natur sind nun einmal die Menschen nicht in Klassen geteilt, nicht einige zum Gehorchen, andre zum Herrschen bestimmt. Der Mensch, der sich von einem Menschen regieren läßt, tut dies entweder, weil er *muß* oder weil er *will*. Er *muß*, wenn der andre stärker ist, sei es an Körper oder Geiste oder durch Bündnisse mit mehrern. Er *will*, wenn er sich behaglich dabei fühlt oder wenn er in dem Wahne steht, der andre sei auf irgendeine Weise berechtigt, ihm Gesetze vorzuschreiben. Wenn aber kein Übergewicht da ist, wenn Liebe und Zutraun aufhören, wenn Unzufriedenheit eintritt und Wahn verschwindet – dann demonstriere einmal, drohe einmal, Fürst, Moralist, Staatsmann! und siehe zu, ob du etwas ausrichtest! Denn (möge auch der Satz noch so herbe klingen!) man kann dem Menschen die Notwendigkeit der Erfüllung aller moralischen Pflichten unwiderleglich beweisen; aber ich weiß nicht, wie man es anfangen kann, einen Menschen zu überzeugen, daß er eine natürliche, angeborne Verbindlichkeit auf sich habe, einem andern Menschen von Fleisch und Bein zu gehorchen, wenn er dies nicht glauben *will*, nicht glauben *muß* oder nicht sein *Interesse* dabei findet, es zu glauben. Seine Vernunft sagt es ihm nicht; die Religion sagt ihm, daß er seiner Obrigkeit gehorchen solle; aber wer diese Obrigkeit sein soll und wer das Recht hat, sie einzusetzen, da wir keine Theokratien mehr haben, das sagt sie ihm nicht, und das ist doch der Punkt, worauf es ankömmt. Gegen Kontrakte, die er nicht selbst geschlossen hat, wird er viel Einwendungen finden, wenn sie ihn drücken; die Beförderung der allgemeinen Ruhe, des allgemeinen Wohls kann einen Philosophen bewegen. Privatvorteile aufzuopfern, aber nicht den Pöbel – diesen zum ruhigen Gehorsame zu bringen, wenn man ihn weder durch Wahn noch Gewalt zwingen kann, dazu gibt es, ich sage es noch einmal, kein andres Mittel, als daß man in ihm den freien Willen erwecke, *gern* zu gehorchen. Wie dies möglich zu machen sei, das soll noch, zur Erbauung aller Regenten, in diesen Blättern gezeigt werden, und ich zweifle nicht, einer von ihnen wird mich für dies Rezept mit einer kleinen jährlichen Pension von einem paar tausend

Tälerchen belohnen. Unter den zahlreichen Geschenken, die sie aus fremden Beuteln nehmen, würde dieses, denke ich, nicht am schlechtesten angelegt sein; und ich will ihnen dann nie wieder ein Rezept aufdringen.

Dritter Abschnitt
Anwendung dieser Sätze auf die französische Revolution

Lasset uns nun, was ich von den großen Staatsumwälzungen überhaupt gesagt habe, auf die französische Revolution anwenden! Unvermeidlich war sie, vorauszusehn war sie, mit allen ihren fürchterlichen Folgen; das wird jetzt jeder Geschichtsforscher und Philosoph zugestehn müssen; aber dergleichen mit klaren Worten voraus zu verkündigen, das ist eine kitzlige Sache, besonders in despotischen Staaten.

Seit Jahrhunderten seufzte Frankreich unter dem Drucke des fürchterlichsten orientalischen Despotismus. Bekannt genug sind die greulichen Schandtaten, die verheerenden Kriege und die innerlichen Unruhen, durch welche die Regierung der mehrsten Könige aus dem Hause Valois, besonders die des blutdürstigen Ludwig des Eilften und des verächtlichen Karls des Neunten, sich auszeichnete.

Der große, edle Heinrich genoß der ruhigen Tage zu wenige, um seinem armen Volke wieder aufzuhelfen; aber er lebte lange genug, um dies Volk mit der Glückseligkeit, einen guten und weisen König zu haben, bekannt zu machen, damit es desto lebhafter den Kontrast dieser Zeiten mit den vorigen und nachherigen Regierungen fühlen möchte; und so gab er selbst der Nation den Unterricht, was sie von ihren Königen einst fordern, das Beispiel, worauf sie ihre Monarchen einst hinverweisen könnte.

Die männlichen und weiblichen Vormünder des bis zu seinem Tode minderjährigen, schwachen Ludwig des Dreizehnten verschafften Frankreich Ansehn von außen und Armut, Sklaverei und Zerstörung aller Moralität von innen.

Auf die tiefste Stufe der Erniedrigung aber wurde die Nation durch den Monarchen Mazarin und nachher durch den kindisch eiteln Tyrannen, der sich den Beinamen des großen Ludwigs geben ließ, herabgestürzt. Die Regierung dieses abscheulichen Menschen war eine ununterbrochene Reihe von glänzenden Niederträchtigkeiten, Grausamkeiten und Verwüstungen. Er spielte mit dem Leben, dem Eigentume, der Ehre, der Freiheit, der ganzen bürgerlichen, physischen, moralischen und intellektuellen Existenz seiner

Mitbürger. Kaum hatte der magre Aachensche Frieden dem Blutvergießen eine Ende gemacht, so fing er, ohne alle andre Ursache, als weil er seinem Nebenbuhler um Ruhm, Wilhelm von Oranien, die Größe beneidete, welche er nicht erreichen konnte, einen neuen Krieg an, der mit dem für Frankreich ebenso nachteiligen Ryswickischen Frieden geschlossen wurde. Jeder Staat, der seinem niedrigen Hochmute ein Opfer versagte, wurde von ihm geneckt, angegriffen und von seinen Räuber- und Banditenheeren zu einem Schauplatze grausamer Ermordungen, Verheerungen und Mordbrennereien gemacht. Das nannte er dann Siege und ließ sich dafür von feilen Dichtern lobpreisen und von Malern und Bildhauern der Verachtung der freien Nachwelt ausstellen. Indes Hunderttausende in seinem Namen erwürgt wurden, bauete er asiatische Paläste, in denen er mit Histrionen, Schranzen und geilen Weibern Ballette tanzte und Unzucht trieb. Ihm waren beschworne Verträge und das königliche Ehrenwort Kinderpossen, und gleich als wenn ihm die weltlichen Händel nicht Gelegenheit genug gegeben hätten, wie ein reißendes Tier unter friedlichen Menschen herumzufahren, riß er den grausamen und heuchlerischen Pfaffen den Dolch und die Fackel des Fanatismus aus der Hand und stürzte damit unter seine treuesten und fleißigsten Untertanen, von denen indes der fünfte Teil doch seiner Mordlust glücklich entwischte, auswanderte und Wohlstand und Segen mit sich fort in fremde Provinzen trug. Allein seine Lieblingswaffen waren unredliche Politik, Kabale, Ränke und Bestechungen; mit diesen verbreitete er Mißtrauen und Zwist an auswärtigen Höfen und tötete edle Gesinnungen und große Gefühle in den Herzen seiner Untertanen. Noch galt er für einen eminenten, glänzenden, gefürchteten Bösewicht; aber auch diesen Schimmer von Größe nahm das Glück ihm im Spanischen Sukzessionskriege, in welchem seine nur für seine Eitelkeit fechtenden Heere fast immer geschlagen, seine Provinzen entvölkert und die Schulden gehäuft wurden. Am Ende seiner Tage blieb dem Elenden keine andre Wonne übrig, als, umgeben von Bettlern, mit der alten Vettel, die er sich hatte zum Eheweibe aufschwätzen lassen, die Sünden, die er gern noch länger begangen hätte, am Rosenkranze abzubeten. Sprechet, was hatte dieser Bösewicht vor den Vitellien, Diokletiane und Heliogabeln voraus? Oh! er stand tief unter ihnen. Diese schwachen

Tyrannen konnten doch noch einen Teil ihrer Schuld auf das Glück und die Verblendung eines Volks schieben, das sich vergriffen hatte, als es ihnen ein Los zuteilte, dessen sie sich so unwürdig zeigten; auch war die Stimmung des damaligen Zeitalters rauher; aber Ludwig, mit den herrlichsten Anlagen, wenigstens zum Privatmanne, von der Natur ausgerüstet, unter einer Nation und in einer Periode geboren, die sich durch mildere Sitten auszeichneten, ein Liebhaber und Kenner der schönen Künste – nein! von ihm kann nichts den Fluch abwenden, den soviel Millionen Menschen seinem Andenken nachschicken.

Man könnte sich wundern, daß nicht schon damals die französische Nation aus dem fürchterlichen Schlafe erwachte, in welchen der Despotismus sie hineinmanipuliert hatte, daß sie nicht schon damals aufsprang und die unnatürlichen Fesseln abschüttelte, wenn man nicht Rücksicht nehmen müßte auf ihren herrschenden Charakter und auf das Zusammentreffen vieler Umstände. Sie war von jeher gewöhnt, einem einzelnen Beherrscher zu gehorchen, hielt dies für die Ordnung der Natur, liebte enthusiastisch die monarchische Verfassung und ihre Könige; der äußere Glanz der Taten, wodurch sie sich, obgleich als Maschine eines hochmütigen, eiteln Toren, in den ersten glücklichen Kriegen verherrlichte und andre Völker demütigte, kitzelte den Nationalstolz; der Leichtsinn, der den Franzosen so eigen ist, ließ sie das Elend nicht wahrnehmen, in welches sie nach und nach hineingezogen wurden. Der Prunk der Schauspiele und Feste blendete ihre Augen, wirkte auf ihre Sinnlichkeit, riß die Bürger aller Klassen in einen Strudel von Zerstreuungen hinein. Sie sangen, witzelten und tanzten den Hunger weg. Noch herrschte in dem an Hülfsquellen so reichen Frankreich keine so allgemeine Not, die nicht irgendeine komische Seite gehabt hätte, auf welche ein lustiger Franzose ein Epigramm machen konnte; und dann lachte das ganze Volk mit. Die ärgsten Räsoneurs schwiegen auch oder wurden gar in Lobredner verwandelt, wenn sie einen Brocken von der allgemeinen Beute erhaschten, sich durch Kreaturen von Kreaturen ein Ämtchen oder ein Jahrgeld erbetteln konnten; ein großer Teil der Nation vergaß das Murren unter dem Geräusche der Waffen – und, kurz, die ärgsten

Wirkungen des despotischen Unfugs wurden erst unter den folgenden Regierungen recht, sichtbar.

Die Regentenschaft des Herzogs von Orleans vollendete den Ruin und die Korruption des französischen Volks, und seine Administration zeichnete sich durch Bubenstücke und Laster aller Art aus, obgleich er selbst mehr ein schwacher Wollüstling als ein unternehmender Bösewicht war.

Ludwig des Funfzehnten Zeiten sind uns noch so nahe; die Inkonsequenzen und Abscheulichkeiten dieser Regierung, die Diebstähle aller öffentlichen Staatsbedienten, die in den gesegnetesten Jahren durch die königlichen Getreidepächter künstlich erregte Hungersnot, die greuliche Finanzverwaltung, die höllische Wirtschaft der raubgierigen und ränkevollen Mätressen, die mutwillig verlornen Schlachten, in welchen tapfre Krieger von unbärtigen Knaben, von unwissenden Kreaturen der Dame Pompadour und von erkauften Schurken auf die Schlachtbank geliefert wurden, die heimlichen Einkerkerungen und Ermordungen edler Männer, die das Unglück hatten, den Haß der verschwornen Rotte auf sich zu laden, die lettres de cachet, die heillosen Verschwendungen – das alles ist uns noch in frischem Andenken.

Und so erbte dann der arme, gutmütige Ludwig der Sechzehnte den Thron, auf welchem er ein Volk beherrschen sollte, das in Not, Armut und Verzweiflung schmachtete; der Staat war mit Schulden belastet, das tiefste Verderbnis der Sitten in allen Ständen verbreitet, die wichtigsten Ämter im Reiche hatte man an Bösewichte verhandelt, die tausendmal des Galgens wert waren, an welchem einige von ihrer Bande nachher ihre rühmliche Laufbahn geendigt haben; der Adel übte ungestraft die ärgste Tyrannei gegen den unglücklichen Bauernstand; aus Mangel an Geld und Kredit ruheten die mehrsten Nahrungszweige, die dem Bürger hätten aufhelfen können, bei welchem noch obendrein der verheerende Luxus die unnützen Bedürfnisse vervielfältigt hatte; nur der verächtlichste Teil derselben, der sich in den Hauptstädten von diesem Luxus nährte, erschwang sich so viel, daß er den Großen in ihrer Verschwendung nachahmen konnte; die Erpressungen aller Art gingen indessen fort; die Auflagen waren unerträglich und unnatürlich; die Geistlichkeit steuerte nichts und verschwelgte in sittenloser Üppigkeit, was der unglückselige Landmann im Schweiße seines Angesichts und mit heißen Tränen herbeischaffte. Der Frieden gab der Nation Muße, diesem allen nachzudenken; das Volk durch Feste zu übertäuben, dazu fehlte es auch an Mitteln; was aber vollends die fürchterlichsten Folgen prophezeiete, war die durch den Despotismus selbst beförderte, nun täglich allgemeiner sich ausbreitende Aufklärung. Eine gewisse räsonierende Philosophie, die, wenn sie, unter weniger unglücklichen äußern Umständen, von Einfalt der Sitten begleitet ist, die Menschen lehrt, mit ihrem Zustande zufrieden zu sein, unvermeidliche Widerwärtigkeiten zu ertragen, den Mangel an Wohlstand durch verdoppelte Mäßigkeit zu ersetzen und ihre innere Gemütsruhe nicht durch gefährliche Plane auf eine ungewisse Zukunft zu stören, diese Philosophie, sage ich, hatte einen Anstrich von Bitterkeit angenommen. Sie öffnete dem Volke die Augen über seinen verzweifelten Zustand, erweckte in ihm das Gefühl, nicht länger mehr die schändlichsten Mißhandlungen ertragen zu können; man fing an, über ursprüngliche Menschenrechte, über den Beruf der Könige, über die Gültigkeit der Privilegien des Adels und über Pfafferei und Hierarchie laut zu reden und zu schreiben.

Indessen hofft man immer alles von jeder neuen Regierung; also erwartete man auch von Ludwig dem Sechzehnten Milderung des allgemeinen Elendes, Abschaffung der Mißbräuche – aber man wartete lange vergebens. Was er hätte tun können und sollen, was die Königin zum Besten gewirkt hat oder nicht gewirkt hat, ob man die Finanzen besser verwalten, den unnützen Aufwand einschränken, redlicher und offner hätte verfahren können, darüber lasset uns jetzt nicht räsonieren! – genug! dem Jammer wurde nicht abgeholfen, und die Unruhe und die Gärung nahmen zu. Nun berief man denn endlich die Stände des Reichs; allein von der einen Seite waren schon die Forderungen der lange Zeit mißhandelten, oft getäuschten sogenannten untern Stände zu hochgespannt, von der andern schienen Adel und Geistlichkeit gar nicht zu ahnden, daß die Zeit, Übermut zu zeigen, erbte Verdienste gelten zu machen und durch Verjährung geheiligte Mißbräuche aufrechtzuerhalten, verstrichen wäre. Man sprach wohl von freiwilligen, ansehnlichen Beiträgen, von großmütigen Aufopferungen, aber der tiers état fand diese Sprache nicht mehr passend.

Er war nicht mehr zu überzeugen, daß er, der größere, wichtigere und arbeitsame Teil der Nation, geboren sein könnte, länger die untergeordnete Rolle zu spielen, sich taxieren, sich im Blinden führen, sich nicht nach bestimmten Gesetzen, sondern nach Willkür regieren zu lassen. Alles Zutrauen, aller guter Wille war verschwunden – mögen immerhin bösgesinnte Stürmer das Feuer angeblasen haben! Genug, dies Feuer war da, glimmte in allen Ecken, mußte unvermeidlich einmal mit Ungestüm ausbrechen.

Was für Auftritte nachher erfolgt sind, das ist bekannt genug – noch einmal! ich vermesse mich nicht, darüber zu urteilen, und glaube nicht, daß irgend jemand, bei *der* Lage der Sachen, sagen dürfe, »das hätte man tun, das unterlassen sollen«. Ich glaube, daß die Anarchie kein Werk einzelner Aufrührer, sondern die unvermeidliche Folge der abscheulichen Behandlung ist, durch welche man das Volk aufs äußerste getrieben hatte. Ich glaube endlich, daß die Deputierten zwar ihre Vollmachten überschritten sind, daß sie aber dem Geiste des größten Teils der Nation gemäß gehandelt haben und daß, wenn sie weniger getan hätten, neue Empörungen gefolgt sein würden, bis doch alles endlich auf diesen Punkt des allgemeinen Umsturzes alles dessen, was irgend mit der ehemaligen Staatsverwaltung zusammenhing, gekommen sein würde. Dies alles wird schon dadurch bestätigt, daß das Volk freiwillig zu Deputierten der zweiten Versammlung noch eifrigere, kühnere Männer (oder vielmehr, leider! Jünglinge) gewählt hat, welche die Einschränkungen der königlichen Gewalt noch viel weiter treiben. Schwerlich hätte man zum Beispiel, bei der jetzigen Stimmung, die Einrichtung von zwei Kammern, wie in England, zustande gebracht; und wäre es geschehn, so würden bald die dem Despotismus und den vorigen Mißbräuchen ergebnen höhern Stände neue Trennungen bewirkt haben – so glaube ich; aber ich verlange nicht, irgend jemand zu meinem Glauben zu bekehren.

Über diese Revolution, über die neue Konstitution und über die Schritte der Nationalversammlung muß man jetzt so manche widersprechende Urteile hören und lesen, daß man in der Tat immer vorsichtiger in seinen Entscheidungen werden sollte. Von einer Seite schildert man uns diese große

Begebenheit als das Werk der verachtungswürdigsten, eigennützigsten Bösewichte, Aufrührer und Königsmörder, verschworen, das ganze Reich in Elend und Verwirrung zu stürzen, um im trüben zu fischen. Man schildert uns die Beschlüsse der Deputierten als ein Gemische von schreienden Ungerechtigkeiten und törichten Hirngespinsten und die Ausschweifungen des Pöbels als unerhörte, nie gesehene Greuel, planmäßig von den Verschwornen veranstaltet. Endlich prophezeiet man dem armen Frankreich den gänzlichen Ruin oder eine nahe bevorstehende Umkehrung der Dinge durch eine Contre-Revolution und die Einmischung der übrigen europäischen Mächte. Von der andern Seite erheben die Freunde der Revolution dieselbe, mit allen ihren schon erlebten und noch zu erlebenden Folgen, bis in den Himmel. Sollen wir ihnen glauben, so ist, solange die Welt steht, noch keine größere, der Menschheit wichtigere und wohltätigere Begebenheit vorgefallen. Sie lassen uns alle dabei verübten Gewalttätigkeiten als notwendige, durch die Größe des Zwecks geheiligte Mittel ansehn. Sie schildern uns die Männer, wel che bei diesen Unternehmungen vorangegangen sind, als die edelsten, weisesten, uneigennützigsten, kraftvollsten Helden und Philosophen und verkündigen nicht nur der französischen Nation von jetzt an die ruhigste, glücklichste Periode, ein Goldnes Zeitalter, sondern allen übrigen europäischen Staaten eine baldige Nachfolge. Die gemäßigtere Partei billigt den Zweck, tadelt aber die Mittel oder findet, daß man im ganzen zu weit gegangen sei, oder hofft, daß diese allgemeine Gärung nach und nach alle Gemüter zum Frieden geneigt machen, daß man von beiden Parteien die Saiten herabstimmen und am Ende eine monarchische Staatsverfassung wieder herstellen werde, doch also, daß die Gewalt des Königs und der Minister, durch die Mitwirkung gewisser Volksrepräsentanten, beschränkt sei. Nur wenige sind weise genug, sich aller entscheidenden Urteile zu enthalten, das, was geschehn ist, wie unvermeidliche Folge vorhergegangener Mißbräuche zu betrachten und die beste Entwicklung von der gütigen und weisen Vorsehung zu erwarten.

 Wundern wir uns nicht über die große Verschiedenheit dieser Meinungen! Selbst zwei gleich unparteiische, gleich einsichtsvolle Reisende können, was sie während dieser Unruhen in Frankreich sehen, aus sehr verschiednen

Gesichtspunkten betrachten. Der eine, wie zum Beispiel der Herr Rat Campe, durchreist, ehe er den französischen Boden betritt, Gegenden, in welchen von allen Seiten der Anblick der Not, der Niedergeschlagenheit, der Sklaverei, welche des armen Landmanns Erbteil in so manchen Provinzen sind, und des Übermuts und der willkürlichen Anmaßungen der höhern Stände sein moralisches Gefühl empört hat; und nun wird er auf einmal auf einen Schauplatz versetzt, wo ein von der eben mühsam errungnen (wahren oder, wäre das auch, eingebildeten) Freiheit wonnetrunkenes Volk ihm entgegenjubelt; wo er, im Geräusche dieser allgemeinen Trunkenheit, keinen Seufzer, keine Klage hört, wo die ganze Nation, zu einem herrlichen Feste vereinigt, in dem Augenblicke der Berauschung alle Privatuneinigkeiten und allen Parteigeist vergißt, wo Freund und Feind Hand in Hand um den Altar der Freiheit den Reihen tanzen und wo er, in diesem ungeheuren Gewühle, doch auch nicht eine einzige Szene von Unordnung oder Gewalttätigkeit wahrnimmt, ohne welche in monarchischen Staaten selten das Geburtsfest irgendeines der Menschheit sehr unwichtigen und unnützen Großen gefeiert werden kann – wen kann es befremden, wenn dieser Mann, bezaubert von dem vorher noch nie genossenen einzigen Anblicke in seiner Art, von einem Anblicke bezaubert, der den gefühllosesten Menschenfeind mit Wonne und Bewunderung erfüllen müßte, wenn dieser Mann, sage ich, sein Herz sich er weitern fühlt und diese Empfindung sich in ihm erneuert, indem er die Szenen schildert, wobei er ein Zeuge gewesen, wenn er dann mit Wärme einer Revolution das Wort redet, die wenigstens nach dem, was er gesehn und gehört hat, soviel Millionen Menschen glücklich und froh macht? – Wehe dem verächtlichen Sklaven, der deswegen von dem Kopfe oder von dem Herzen dieses Mannes nachteilig urteilen oder gar es versuchen wollte, ihn, wegen einiger kühnen Ausdrücke oder einiger vielleicht (doch nur vielleicht) übertriebnen Deklamationen, verdächtig oder lächerlich zu machen![1]

Ein andrer, nicht weniger hellsehender Reisender kömmt in eine französische Stadt, wo grade der noch nicht beruhigte Pöbel sich gegen wahre oder vermeintliche Unterdrücker Grausamkeiten aller Art erlaubt, den Gesetzen und der Polizei trotzt, die jugendliche Kraft und die ihm noch neue Freiheit mißbraucht, wie Jünglinge, die eben dem Schulzwange entkommen sind, ihre Unabhängigkeit zu mißbrauchen pflegen; er eilt erschüttert hinweg von diesem Schauplatze blutiger Gewalttätigkeiten; auf der Rückreise schließt sich einer von denen an ihn, die bei der Revolution, vielleicht ohne alle Schuld, Vermögen, bürgerliche Ehre und Sicherheit eingebüßt haben. Dieser unterhält ihn mit den schrecklichen Auftritten, die in seiner Provinz vorgehen; mit Tränen in den Augen schildert er ihm die Not seiner verlassenen, ehemals wohlhabenden, nun dürftigen, unglücklichen, flüchtigen Familie, die zerstörten Paläste, die Wohnungen, wo sonst Frieden und häusliches Glück zu Hause waren, jetzt in Steinhaufen verwandelt, auf denen man unschuldige Bürger mordet – befremdet es euch, wenn dieser Reisende ein Bild von der französischen Revolution entwirft, das jenem wie die Hölle dem Himmel ähnlich sieht?

Allein nicht nur in der Verschiedenheit der einzelnen Szenen, die ein Fremder in Frankreich wahrnehmen kann, je nachdem er zu dieser oder zu einer andern Zeit, in dieser oder einer andern Provinz seine Bemerkungen sammelt, liegt der Grund des Widerspruchs in den Urteilen über die französische Staatsumwälzung, sondern auch in den Verhältnissen, Stimmungen und herrschenden Ideen der Menschen selbst, die darüber reden und schreiben.

Wer bis dahin eine Herrscherrolle gespielt hat und nicht ganz gewiß ist, daß, sobald es auf freiwillige Wahl ankäme, die Untergebnen lieber ihm als einem andern gehorchen würden, der zittert vor der Möglichkeit, daß man ihm, wenn der Revolutionsgeist allgemein würde, diese Hauptrolle abnehmen und eine untergeordnete anweisen könnte. Deswegen gibt es unter den großen und kleinen Monarchen so wenige, die auf die neue Ordnung der Dinge gut zu sprechen sind – vom Länder- und Völkerbeherrscher und Zepterführer an bis auf den Schulmonarchen herab, der fürchtet, die Discipuli möchten ihm den Baculum aus der Hand winden. Fast alle bei den alten Einrichtungen interessierte, an empfangne Huldigung und passiven blinden Gehorsam gewöhnte Personen reden der willkürlichen Gewalt das Wort.

Personen, die in solchen Ämtern und Würden stehen, welche man in freien Staaten für unbedeutend, unnütz oder gar für verächtlich und schädlich hält, Hofschranzen und andre besoldete, pensionierte und bepfründete Müßiggänger, können den Gedanken nicht ertragen, daß ein System Anhänger finden möchte, das ihre ganze Existenz vernichtet, indem es nur dem Fleiße und dem wahren Verdienste Achtung, Vorrechte und Vorteile einräumt:

Solche Fürsten und Edelleute, die sich bewußt sind, daß sie gar nichts mehr sein würden, wenn sie aufhören sollten, Fürsten und Edelleute zu sein; Auch manche bessere, verdienstvollere Männer unter diesen, die aber von Jugend auf mit den Vorurteilen ihres Standes aufgewachsen und gewöhnt sind, Dinge, deren Wert jetzt in Frankreich gänzlich verrufen ist, wo nicht wie Schätze voll inneren, echten Gehalts, wenigstens wie eine durch den Stempel der Konvention gewürdigte, nützliche Ware zu betrachten; Geadelte Bürger und alle solche Personen, die es sich haben Mühe und Geld kosten lassen, in eine Klasse hinaufzurücken, mit Ständen in Verbindung zu kommen, die sie außer dem vielleicht verachten würden; Hohe und niedre Geistliche aller Bekenntnisse, die so gern Religion und Gottesverehrung, Theologie, Dogmatik, Kirchensystem und Christuslehre miteinander verwechseln, ihr Amt zu einem besondern Stande im Staate erheben und ihre Sache zur Sache Gottes machen; Solche Menschen, die überhaupt gegen jede Neuerung eingenommen sind und es gern beim alten lassen; Schmeichler, feile, kriechende Schriftsteller, wie der elende Professor Hoffmann in Wien einer ist, und alle solche Insekten, die unbemerkt herumkriechen und sich fürchten müßten, zertreten zu werden, wenn sie sich nicht in das Unterfutter der Großen dieser Erde einnisteten; an Leib und Seele arme Schlucker, die sich von den Brosamen nähren, welche von der Herren Tische fallen; Gutmütige, furchtsame, mitleidige, gefühlvolle und sanguinische Menschen, welche durch die Schilderung der verübten Gewalttätigkeiten erschüttert und empört werden; Untertanen guter Fürsten, besonders in dem nördlichen Teile von Teutschland, die, unter milden Regierungen, bei dem ruhigen Genusse ihres Eigentums und ihrer Freiheit, gar keinen Begriff vom Despotendrucke haben und – oh! der glücklichen Unwissenheit! – das Bedürfnis einer andern Verfassung nicht kennen.

Alle diese stimmen mehr oder weniger lebhaft die allgemeine Meinung *gegen* die französische Revolution. Man kann ihnen, was die nachteiligen Eindrücke betrifft, welche sie bewirken, noch diejenigen zugesellen, die aus unvernünftigem Eifer, ohne Kenntnis der Sache, aus unbändigem Freiheitssinne, aus ungerechter Unzufriedenheit mit den Regierungen, welche nicht so hohe Begriffe wie sie selbst von ihren Verdiensten haben, sich unberufen zu ungeschickten Verteidigern aufwerfen.

Man sollte meinen, die neue Verfassung müßte in republikanischen Staaten die eifrigsten Verfechter finden; allein es zeigt sich fast allgemein das Gegenteil. In England affektierte man anfangs, dieser großen Begebenheit gar keine Aufmerksamkeit zu widmen. Erst in der Folge hat man mehr Wärme für die Sache besonders unter denen wahrgenommen, die mit den jetzt in England einreißenden Mißbräuchen in der Verfassung unzufrieden sind. Dagegen hat sich der Sophist Burke durch eine Schmähschrift, in welcher er seine großen Talente zu falscher Darstellung und Verdrehung offenbarer Tatsachen mißbraucht, die Gunst des Ministers erbettelt, um ein Jahrgeld zu erlangen, das er zu teuer mit der allgemeinen Verachtung erkauft. Die Widerlegung, womit der edle Paine ihn zu Boden geschlagen hat, verdient von Freunden und Feinden der Revolution gelesen zu werden.

Was man in Holland über diese Gegenstände urteilt, kann kaum hierher gehören; denn die Vereinigten Niederlande haben jetzt weniger als jemals eine republikanische Verfassung.

In der Schweiz sind die großen aristokratischen Kantons, wie sich's begreifen läßt, gegen die Sache, und die kleinern, glücklichen freien, halten sich wenig mit politischen Räsonnements über fremde Verfassungen auf. In den italienischen Freistaaten herrscht ein Ton in der Staatsverwaltung, der zu den in Frankreich angenommenen Grundsätzen gar nicht passen will.

Unter den teutschen kleinen Freistaaten ist vielleicht Hamburg der einzige, wo man sehr viel warme Bewunderer der neuen französischen Verfassung findet.

Im ganzen scheint der Nationalstolz der Republiken, bei dem Genusse ihrer errungnen Freiheit, andern Ländern eben auf die Weise den Besitz dieses Guts zu mißgönnen, wie ein Kavalier von alter Familie dem Parvenü und dem geadelten Bürger nicht gewogen zu sein pflegt.

Diese Bemerkungen treffen aber auf keine Weise die Vereinigten Staaten von Nordamerika; denn dort herrscht allgemeine Wärme für die französische Revolution. Gegenseitige Dankbarkeit knüpfen beide Nationen aneinander – edle Gefühle, die in despotischen Staaten von Eigennutz und Politik erstickt, aber da heiliggehalten werden, wo wahre Tugend allein Anspruch auf Achtung und Ehrerbietung geben kann! In Amerika haben die Franzosen den Wert der Freiheit kennengelernt, und dort hat sich einer ihrer ersten Männer, ja, gewiß einer der edelsten Männer in der Welt, Fayette, ausgebildet. Von der andern Seite verdanken die nordamerikanischen Staaten größtenteils den Franzosen ihre errungene Unabhängigkeit.

Gegen die Menge derer nun, die wir als nicht unparteiische Gegner der französischen neuen Verfassung angeführt haben, kann der Haufen derer, die in Europa *davor* eingenommen sind, freilich nur sehr klein sein, und selbst unter diesen können wir die nicht für kompetente Richter gelten lassen, welche, ohne eigentliche Überlegung und ohne Kenntnis der Sache, aus blindem Feuereifer für alles Neue und Außerordentliche, die Partei jeder Umkehrung der Dinge nehmen. Solche Menschen schaden auch der besten Sache durch ihr Lob. Wie unbeträchtlich bleibt daher nicht die Anzahl der unparteiischen und gründlichen Beurteiler jener wichtigen Begebenheit, und wie wenig beweist die größere oder kleinere Anzahl der Tadler oder Verteidiger *vor* oder *gegen* dieselbe?

Es bleibt noch eine dritte Klasse von Menschen übrig, nämlich die, welche ihre Meinung darüber gar nicht sagt. Sie besteht teils aus Furchtsamen, die es mit keiner Partei verderben wollen, teils aus solchen, die sich über nichts bestimmt zu erklären pflegen, sondern die schafsköpfige Gewohnheit haben, es immer erst abzulauern, wie eine Sache ausfallen wird, und dann hintennach zu versichern, das hätten sie gleich also vorausgesehn.

Ich glaube nun hinlänglich erwiesen zu haben, daß jetzt noch jedes bestimmte Urteil über das, was in Frankreich geschehn und was davon zu erwarten ist, übereilt sein würde. Man wende dagegen nicht ein, daß wir offenbare Tatsachen vor uns haben, nach denen wir unsre Meinung berichtigen können! Diese Tatsachen werden uns von Zeitungsschreibern, Journalisten und andern Schriftstellern oft äußerst unvollständig, verstümmelt und entstellt vorgetragen. Nicht jeder will, nicht jeder darf schreiben, wie und was er gern schreiben möchte. Vielen von diesen Nachrichten fehlt es durchaus an historischer Glaubwürdigkeit; durch die Art der Darstellung kann jedes Faktum eine ganz andre Gestalt gewinnen. In Frankreich kann jetzt fast nicht ein einziger Mensch für einen unbefangenen Zuschauer gehalten werden; der Reisende sieht die größern Wirkungen, aber selten die kleinen Triebfedern; und wenn er uns diese so schildert, wo er sie sich denkt oder wie ihm andre Leute die Sache vorgestellt haben, uns aber den Beweis schuldig bleibt – ein Fehler, den einige Schriftsteller bei Erzählung der merkwürdigen Vorfälle vom fünften und sechsten Oktober begangen haben! –, so darf man wohl auf alle Weise vor zuviel Leichtgläubigkeit und voreiliger Beurteilung warnen.

Alles, was ein unparteiischer Mann sich daher erlauben darf, diese große Begebenheit zu sagen, wird, meiner Meinung nach, sich ungefähr auf folgendes einschränken müssen: Die französische Revolution wurde unvermeidlich herbeigeführt durch eine Kettenreihe von Begebenheiten und durch die Fortschritte der Kultur und Aufklärung.

So, wie die vorige Regierungsverfassung war, konnte sie, bei dermaliger Stimmung der Nation, nicht bleiben, Verkehrte Maßregeln, welche die Hofpartei gleich anfangs nahm, erbitterten das Volk, vermehrten das Mißtraun und bewirkten Gewalttätigkeit.

Die Lebhaftigkeit des Nationalcharakters ließ voraussehn, daß nun schnelle und rasche Schritte folgen müßten, und es würde albern sein, bei allen diesen Umständen von Franzosen etwas anders zu erwarten.

Alle Gewalttätigkeiten aber, die vorgegangen sind, alle Ermordungen, alle Plünderungen, Mordbrennereien, Ausschweifungen und überhaupt alle gesetzlose Handlungen sind, in Vergleichung mit den Unordnungen und Greueln, womit von jeher ähnliche, ja, viel geringre Vorfälle bezeichnet gewesen, für nichts zu rechnen. Diese Revolution ist eine große, beispiellose und, sie falle aus, wie sie wolle, sie sei rechtmäßig oder widerrechtlich unternommen worden, der ganzen Menschheit wichtige Begebenheit. Ein

Krieg, den irgendein ehrgeiziger Despot zu Befriedigung seiner kleinen Leidenschaften führt, ein Krieg von der Art, wie der war, zu welchem Louvois seinen Herrn aufhetzte, damit er den Grad von Wichtigkeit wieder erlangen möchte, den er durch einen Fehler in der Baukunst verloren hatte – so ein Krieg kostet tausendmal mehr Blut und unschuldiges Blut, und zu welchem Zwecke? Ob Gibraltar den Engländern oder Spaniern gehört, das ist gewiß für die Welt, und vielleicht für das wahre Glück der beiden streitenden Nationen selbst, ein ziemlich unbedeutender Umstand; und dennoch hat der Kampf um diesen Felsen in einigen Stunden mehr Menschen, die gar nicht dabei interessiert waren, das Leben geraubt als ein jahrlanger Kampf um Freiheit und Gesetze in Frankreich. Alle Gewalttätigkeiten, über die man so unbändig schreiet, übertreffen wenigstens nicht die Greuel, die man im Jahre 1790, mitten im Frieden, bei dem Matrosenpressen in England im Namen der Regierung verübte. In den Zeiten der Ligue und während der unglücklichen Religions- oder vielmehr Pfaffereikriege (denn es gibt keine Religionskriege) war Frankreich ein Schauplatz viel größerer Unordnungen – und über dies alles empört sich das Gefühl der vorgeblichen Menschenfreunde nicht. Daß ein Landesvater Tausende seiner Kinder (daß es Gott erbarme!), das heißt seiner Untertanen, stückweise verhandle, um sie irgendwo, fern von ihrem Vaterlande, totschießen zu lassen, wenn damit Geld zu verdienen ist, wovon nachher Buhlerinnen und Müßiggänger unterhalten werden, das erlauben ihm die Menschenfreunde; aber wenn bei so einer allgemeinen Gärung der unbändige Pöbel unter zehn Schelmen auch vielleicht, in der blinden Wut, ein paar ehrliche Leute, gegen welche man Verdacht hat, aufhenkt, so wird davon ein Lärm gemacht, als wenn kein Mensch in Frankreich seines Lebens sicher wäre.

Untersuchen wir unparteiisch die Grundsätze, auf welchen die neue Konstitution beruht, so ist es unmöglich, zu leugnen, daß sie den Stempel der gesundesten, reinsten Vernunft tragen. Was die hellsten Köpfe aller Zeitalter einzeln über Menschenrechte, Menschenverhältnisse und über die reinen Zwecke aller gesellschaftlichen Verträge gesagt haben, das findet man hier in der einfachsten, deutlichsten Ordnung dargestellt und zum Fundament einer Gesetzgebung hingelegt, wie es noch nie eine natürlichere, gerechtere in irgendeinem Lande der Welt gegeben hat. Ob sie in der Ausübung möglich und ob die französische Nation dazu reif ist, das gehört zu den Dingen, worüber uns nur die Zeit aufklären kann; aber das behaupte ich, daß es keinen glücklichern Menschen auf Erden geben könne als einen König, den ein nach diesen Grundsätzen regiertes, diesen Gesetzen gehorchendes, nach diesen Begriffen von Recht und Billigkeit handelndes Volk würdig gefunden hat, ihn freiwillig an die Spitze des Ganzen zu stellen. Der erste von vierundzwanzig Millionen *freien* Menschen zu sein, die keinen andern Vorzug anerkennen, als den Tugend, Weisheit und Fleiß gewähren; dabei die Ausübung alles Guten in Händen zu haben, ohne Verantwortung und ohne die Furcht, durch seine Leidenschaften irgendeines Bürgers Unglück bauen zu können, und endlich und in dieser Lage alle Gemächlichkeiten des Lebens und alle äußere Ehre, die irgendein König fordern kann – wer diesen Zustand gegen den eines nach Willkür herrschenden Gebieters sklavischer Menschen vertauschen möchte, der ist der tiefsten Verachtung wert, und zitterte auch der halbe Erdboden, wenn er seinen eisernen Zepter schwingt.

Die Abschaffung des Adels und die Schmälerung der Einkünfte der Geistlichkeit sind freilich harte Artikel für die, welche nun auf einmal sich der Vorteile beraubt sehen, die sie, ohne Mühe und Verdienst, auf Unkosten besserer und arbeitsamer Menschen besaßen. Um aber beurteilen zu können, ob das, was man in dieser Rücksicht getan, nützlich und gerecht war, müßte man erst einige Fragen entscheidend beantworten können, worüber bis jetzt die Stimmen wenigstens noch sehr geteilt sind, nämlich: ob nicht in dem Zustande, darin sich Frankreich bei der Revolution befand, zu völliger Ausrottung des Despotismus die gänzliche Abschaffung des Adels und die Einschränkung der Geistlichkeit notwendig war? ob die Begriffe, welche diese privilegierten Stände in die Gesellschaft brachten, und überhaupt ihre Existenz und ihr Einfluß sich mit den Grundsätzen, worauf die neue Verfassung gestützt ist, auch nur einigermaßen vereinigen lassen? ob ihre vermeintlichen Rechte auf einen vorauszusetzenden Kontrakt oder auf Usurpation beruhen? ob usurpierte Rechte, die gegen die Ordnung der Natur sind, durch Verjährung geheiligt werden können? ob des römischen Bischofs Gewalt, Fürsten ein- und abzusetzen, die Befugnis, Sündenablaß um Geld feilzubieten, die bei einigen unkultivierten Völkern üblichen Menschenopfer, Leibeigenschaft, jus primae noctis, alle Inkonsequenzen des türkischen Despotismus und überhaupt alle eingewurzelte Mißbräuche eine geringere Sanktion haben? ob Verbindlichkeiten, die nur allein das Recht des Stärkern hat einführen können, nicht auch durch das Recht des Stärkern wieder aufgehoben werden dürfen? ob alle Kontrakte, die auf unbestimmte Zeit geschlossen worden, deswegen ewig dauern müssen, Zeit, Umstände und Bedürfnisse mögen sich verändern oder nicht? ob überhaupt Menschen Kontrakte für die Ewigkeit schließen können? ob man, im Namen einer Generation, die noch nicht existiert, mit solchen Gütern schalten und walten dürfe, die eigentlich auf keine Weise der Gegenstand willkürlicher Bestimmung sein können, als da sind: Freiheit, Achtung, bürgerliche Ehre, Herrschersrecht u. dgl.?

Wenn man sagt, es seien die gewählten Repräsentanten des Volks zum Teil Menschen von äußerst zweideutigem Charakter gewesen, so kann ein unparteiischer Mann darauf nur folgendes antworten: Der moralische Privatcharakter dieser Leute kömmt bei ihrer politischen Laufbahn sehr wenig in Anschlag, wenn auch jener Vorwurf erwiesen wäre. Alle Schritte der Nationalversammlung, qua talis, geschahen, der Natur der Sache nach, öffentlich; ihre Reden, ihre Vorschläge, ihre Entschlüsse – alles ist klar den sehr strengen Augen des Publikums dargelegt. Möchten sie immerhin geheime, eigennützige oder ehrgeizige Absichten gehabt haben; möchten sie immerhin ausschweifende, ränkevolle Leute gewesen sein! – es kömmt hier auf die Sache an, die sie mit unerschrocknem Mute durchgesetzt, auf das System, das sie eingeführt haben. Ist das gut, ist es der Nation und der Menschheit überhaupt heilsam; wer ist Richter über ihr Herz und ihre Sitten? Und soviel ist denn doch gewiß, daß unter ihnen Männer genannt werden, die bei ihren Mitbürgern in allgemeiner Achtung stehen, von denen auch die boshafteste Verleumdung nicht wagen würde zu behaupten, sie hätten ihre Hände an den Plan zu einem Bubenstücke legen wollen.

»Viele von ihnen«, heißt es, »haben sich auf Unkosten des gemeinen Wesens bereichert, haben die Nationalgüter in ihren Nutzen verwendet.« Möglich, aber nicht erwiesen! Wie betrügerisch und verschwenderisch man aber mit dem öffentlichen Schatze während der vorigen Verfassung umgegangen, *das ist erwiesen*, ist unter andern in dem berüchtigten *roten Buche* nachzulesen. Soviel ist übrigens auch begreiflich, daß zwölfhundert Männer nie einen gemeinschaftlichen Komplott zum Betruge machen werden. Daß unter diesen Zwölfhunderten gewiß auch Schelme sind, darüber wundre ich mich gar nicht; aber darüber könnte man sich wundern, daß in einer so von Grund aus durch den Despotismus und dessen Gefolge korrumpierten Nation noch sechs ehrliche Leute gefunden werden. Wer ist schuld daran, wenn Diebereien und schiefe Streiche aller Art gleichsam als unzertrennlich von der öffentlichen Verwaltung angesehn werden? Hat die Revolution die Menschen so schleunig verderbt? – Die Frage beantwortet sich selbst.

Ganz verschwendet sind indessen die aus dem Verkaufe der geistlichen Güter gelöseten Summen nicht; denn man hat doch wenigstens diejenigen Personen damit entschädigt, welche ehemals Ämter im Staate gekauft hatten, die ihnen nunmehr genommen wurden; und eine Menge unnützer Ausgaben, die man vielleicht gemacht hat, fallen teils in der Folge weg, teils sind die Gelder, womit dieselben bestritten worden, in Frankreich selber geblieben und also nicht verlorengegangen, sondern in Zirkulation gekommen, wenn sie auch besser hätten verwendet werden können.

»Die Abgaben werden nicht ordentlich entrichtet; man muß also immer von jenem Kapitale zuschießen, um die nötigen Ausgaben zu bestreiten.« Das ist freilich übel, und es ist zu wünschen, daß bald die Ruhe hergestellt werden und das Volk die Gesetze respektieren lernen möge. Was schadet jedoch am Ende diese temporelle Unordnung? Wer kein Geld gibt, der behält es; folglich bleibt es im Lande; Privatleute häufen es in ihren Kasten auf, weil sie es nicht für Papier hingeben wollen; allein lasset die Ruhe auf irgendeine Weise hergestellt sein, so wird man es bald wieder zirkulieren sehn.

Den größten Geldraub an Frankreich aber begehen die Emigranten, durch die Summen, welche sie herausziehen. Schon allein der Erzdieb Calonne, den man füglich hätte aufhenken können, ohne sich zu versündigen, hat ungeheure Schätze, die er sich zusammengestohlen hatte, fortgeschleppt. Hieran ist die Nationalversammlung nicht schuld; man müßte denn ihre zu milden, nachsichtigen Grundsätze ihr zum Verbrechen machen wollen, indem sie die Auswanderungen und Exportationen nicht mit Gewalt gehindert hat.

Möge man indessen auch alles bare Geld aus Frankreich wegnehmen, so wird das Reich doch darum noch nicht zugrunde gerichtet, solange man nicht den fruchtbaren Boden, die Industrie, den Handel, die Fabriken und Manufakturen mit fortreißen kann. Im Grunde ist das Geld doch nur das Repräsentative und nicht die Sache selbst. Lasset die armen, verführten Flüchtlinge zurückkehren (ihre schelmischen Aufrührer mögen bleiben, wo sie wollen!), lasset Frieden hergestellt sein, Treue und Glauben und Kredit wieder Wurzel fassen, die Gesetze respektiert, Fleiß, guten Mut und Tätigkeit wieder erweckt werden – und Frankreich im ganzen wird durch alle diese Verwirrungen um nichts ärmer geworden sein.

Ob aber wohl Hoffnung da sei, die Ruhe bald wieder hergestellt zu sehn, das ist unmöglich vorauszusagen; nur das läßt sich ohne Vermessenheit behaupten, daß, wenn auch, durch eine Gegenrevolution oder auf andre Weise, alles wieder niedergerissen werden sollte, was die Nationalversammlung aufgebauet hat, die ganze Verfassung doch nie wieder auf den alten Fuß kommen kann. Die Begriffe von den Verhältnissen des Volks zu der Regierung haben zu tiefe Wurzel gefaßt; so etwas wieder auszurotten, dazu würde ein großer Zeitraum gehören, währenddessen Kultur und Aufklärung gänzlich zurückgingen und die Nation wieder in einen solchen Zustand von Kindheit versetzt würde, in welchem man sich, gegen sein eignes Interesse, blindlings führen läßt. Der größere und stärkere Teil der Nation hat nun einmal die Fesseln abgeschüttelt, hat seine Kräfte kennengelernt und sich von der Möglichkeit der Ausführung überzeugt. Sie mit Gewalt aufs neue zu unterjochen, dazu würden sehr große Anstalten erforderlich sein. Das Reich ist nicht in so schlechtem Verteidigungsstande, die Nationalgarden sind nicht so schlecht diszipliniert, als uns die Freunde der aristokratischen Partei glauben machen wollen. Die innern Zwistigkeiten und Gärungen würden sehr wahrscheinlich aufhören, sobald Frankreich von außen her angegriffen und die Verteidigung des Vaterlandes der gemeinschaftliche Punkt würde, in welchem sich die lebhafte französische

Regsamkeit konzentrierte. Und wer sollte sie angreifen? Das Aristokratenhäuflein macht zwar, nach alter französischer Manier, ungemein viel Lärm, rennt am Rheine durcheinander, wie ein Ameisennest, droht und schimpft gewaltig; allein es fehlt ihm noch an einigen Kleinigkeiten, um die Sache in Ausführung zu bringen. Generale, Offiziers, Köche, Friseurs, Wundärzte und Apotheker, auch Marchands parfumeurs und Marketender sind wirklich da; allein das macht doch nur den état-major einer französischen Armee aus. Zwar haben sie auch ein paar hübsche Gardekompanien, zu welchen kürzlich ein teutscher Reichsfürst seine losgelaßnen Karrengefangnen als Rekruten geliefert hat; nur was man gewöhnlich ein Kriegsheer zu nennen pflegt, das fehlt, nebst allem Zubehör, als da ist: argent content, Kredit, Festungen, Magazine, ja sogar der Platz, auf welchem sie sich zuerst formieren könnten; denn des in der Chronik von Frankreich so berühmten Kardinals von Rohan Besitzungen, auf welchen jetzt, im Januar 1792, da ich dies schreibe, das ganze ausgewanderte Frankreich sich niedergelassen hat, sind kaum groß genug, um einen Antirevolutionsklub darauf zu halten. Zählen sie aber auf den Beistand der europäischen Mächte, so fürchte ich, sie werden sich verrechnen. Warum sollten diese Frankreich angreifen? Um einer Nation die Befugnis streitig zu machen, ihre Regierungsform, mit unbezweifelter Einstimmung ihres Königs, zu verändern? Um eine Konstitution über den Haufen zu werfen, die Vernunft, Recht, Treue und Glauben und Frieden mit den Nachbarn zu Grundpfeilern hat? Dazu sind sie zu gerecht. Um die teutschen Reichsfürsten, die in den französischen Staaten Güter haben, mit Gewalt in den Besitz der Rechte zu setzen, welche sie durch die Revolution verloren haben? Davon würde doch nur dann die Rede sein können, wenn erst alle gütliche Mittel umsonst wären versucht worden. Es hat sich ja aber die Nation zu einer Entschädigung erboten; man muß nur ihre Vorschläge gemeinschaftlich anhören; man muß die ausschweifenden Forderungen der Aristokraten nicht damit vermengen wollen; man muß nicht vergessen, daß jene Reichsfürsten, solange sie sich bei der Abhängigkeit von Frankreich wohl zu befinden glaubten, von ihren französischen Besitzungen dem teutschen Reiche keine Prästanda geleistet, folglich sich auf gewisse Weise von dem Staatskörper losgerissen haben, dessen Schutz sie nun auf einmal reklamieren. Sehr wahrscheinlich werden die übrigen europäischen Mächte der vorsichtigen Politik folgen, welche der weise Leopold bei dieser Gelegenheit zur Richtschnur nimmt. Sie werden ja wohl auch überlegen, daß es bei jetzigen Zeiten nicht ratsam sei, mit den Kriegsvölkern, die hie und da noch zu Hause ein Stückchen Arbeit finden, um Ruhe zu erhalten, in fremde Länder einzufallen, wo die fatale Freiheitsluft weht, die so leicht ansteckt. Sie werden überlegen, daß, bei dem ersten Ausbruche des Krieges, die schönen fruchtbaren teutschen Provinzen, welche unmittelbar an Frankreich grenzen, das Opfer dieses übereilten Schritts, der Schauplatz gräßlicher Verheerungen werden würden.

Und das sei denn genug über die französische Revolution! Reden wir jetzt davon, ob andern europäischen Staatsverfassungen, der Wahrscheinlichkeit nach, ähnliche Umwälzungen bevorstehen und ob zu vermuten ist, daß die Vorfälle jenseits des Rheins dazu Anlaß geben werden.

Fußnote

1 Ich, der ich dies sage, bin gewiß einer von denen, unter welchen Herr Campe am wenigsten seinen Lobredner suchen würde; allein der Unfug, den sich, während ich an diesen Blättern schrieb, ein feiler, unberühmter Fürstenschmeichler gegen diesen verdienstvollen Schriftsteller erlaubt hat, bewegt mich, der Wahrheit mein Opfer zu bringen. Die Schritte, die man seit kurzem gegen jeden unparteiisch frei redenden und denkenden Mann unternimmt und die heimlich von einer gewissen, sehr bekannten Gesellschaft geleitet werden, der daran gelegen ist, daß das Licht nicht durch die Finsternis dringe, machen es dem Häuflein unbestochner Wahrheitsfreunde zur Pflicht, ihre kleinen Privatzwistigkeiten zu vergessen und sich brüderlich die Hand zur Versöhnung und zur gegenseitigen Verteidigung zu reichen. Von jetzt an, bis sich die Zeiten ändern und Herr Campe dessen nicht mehr bedarf, biete ich ihm von Herzen jeden Dienst an, den ich ihm mündlich, schriftlich und tätig zu leisten imstande bin.

Vierter Abschnitt
Welche Staatsverfassung ist die beste

Diese prahlende Überschrift scheint anzukündigen, daß ich, Joseph von Wurmbrand, mich unterfangen wolle, von Bopfingen aus zu entscheiden, worüber bis jetzt die größten Staatsmänner noch nicht haben einig werden können, nämlich: welche von den bekannten Staatsverfassungen das Glück der Völker am kräftigsten befördre. Allein so übel ist es nicht gemeint; ich hoffe im Gegenteil, die Art, wie ich diese Frage beantworten werde, soll den Lesern keinen so nachteiligen Begriff von meiner Bescheidenheit beibringen.

Also kurz und einfach! Diejenige Staatsverfassung ist, vorausgesetzt, daß sie die übrigen Haupterfordernisse habe, in jeder Periode die beste, welche erstlich mit dem dermaligen Grade der Kultur und den übrigen der Veränderung unterworfnen Zeitumständen in der besten Harmonie steht und zweitens, sowenig als dies mit Rücksicht auf die Bedürfnisse von Zeit und Umständen möglich ist, die natürliche Freiheit und die ursprünglichen Rechte jedes einzelnen Menschen einschränkt. Diese letzte Forderung ist wohl sehr billig, denn da die Menschen sich doch nur darum in Staaten vereinigt haben, damit ihnen, durch diese Verbindung, eine Summe von Glückseligkeit zuteil werde, die sie im isolierten Zustande nicht erlangen können, so muß die bürgerliche Verfassung mehr Vorteil gewähren, als sie Aufopferung kostet, sonst ist sie nichts wert. Was aber den ersten Punkt betrifft, so ist auch dieser wohl keinem Widerspruche unterworfen. Denn so wie ein Vater das kleine Kind, das noch taub für die Stimme der Vernunft ist, mit der Rute züchtigt oder (zwar billige ich diese Methode zu täuschen keineswegs) vorgibt, ein unsichtbarer Genius sage ihm alles, was das Kind, auch wenn es nicht bei ihm sei, unternehme, bei dem erwachsenen Knaben hingegen bessere Bewegungsgründe anwendet, und wie ein kluger Erzieher sich nach der Verschiedenheit der Anlagen und Temperamente der Kinder richtet, so werden auch bei einem Volke, das noch in der Kindheit ist, seine Geistesfähigkeiten nicht entwickelt hat und seine Kräfte nicht kennt, Täuschung und Zwangsmittel eine Wirkung tun, die bei einer kultivierteren und aufgeklärteren Nation verkehrten Eindruck machen würden. Ich glaube daher, daß Regierungskunst und Volksreligion (oder, besser zu sagen, Kirchensystem) nach Zeit und Umständen, nach dem Grade der Kultur und nach der Stimmung der Völker abgeändert werden müssen.[2] Jedermann würde es unvernünftig finden, wenn es einem Gesetzgeber in unsern Zeiten einfiele, die alten sogenannten Gottesgerichte wieder einzuführen, in welchen die Wahrheit einer Anklage durch einen Kampf begründet oder widerlegt wurde. Wen vor vierhundert Jahren der Papst mit Kirchenbann belegte, der galt für einen verlornen Mann, und wenn er auch ein König war; heutzutage lacht man über die römischen Theaterblitze; ein Philipp der Andre würde nebst seinem Herzoge von Alba auf dem Throne von Großbritannien eine kurze Rolle spielen; Numa Pompilius würde mit seiner Göttin Egeria auf dem polnischen Reichstage nicht viel durchsetzen und der alte Gesetzgeber der Lakedämonier mit seinen braunen Suppen in Venedig wenig Beifall finden. Doch so wie man in der Pädagogik, bei allen ihren Abänderungen, gewisse allgemeine, aus der Natur geschöpfte Regeln zum Grunde legt, die immer stichhalten, so geht es auch mit den politischen und religiösen Systemen immer gut, wenn nur jene heilige Hauptregel: soviel möglich, Wahrheit und Freiheit zu respektieren, nie aus den Augen gesetzt wird. Hiermit hat die Form nichts zu schaffen, die Regierung mag monarchisch, aristokratisch, demokratisch oder gemischt sein; und was die Religion betrifft, so mag sie zu einer Angelegenheit des Staats gemacht oder der Übereinkunft der Bekenner freigestellt werden; sie mag katholisch oder protestantisch oder anders heißen – alle können, aber sie können auch nur dann sich sichre Dauer versprechen, wenn sie so beschaffen sind, daß sie mit Kultur, Zeit und Umständen in ein richtiges Verhältnis zu bringen sind.

Und welche Staatsverfassungen, welche Volksreligionen sind von dieser Art? Diese Frage läßt sich nun nach den obigen Voraussetzungen beantworten. Da alle Oberherrschaft entweder auf dem Rechte des Stärkern oder auf Übereinkunft beruht, weil kein Mensch dem andern gehorcht, außer wenn er entweder *muß* oder *will*, und dann die stärkere Partei, an Zahl oder Kraft, nie *muß*, wenn sie nicht *will*, der Wille zu gehorchen aber bei ihr auf keine andre Weise erweckt werden kann, als indem man sie überzeugt, daß sie sich wohl dabei befinde, welches freilich auch auf eine Zeitlang durch

Täuschung, dauerhaft aber nicht anders bewirkt werden kann, als wenn jeder einzelne sich unter der Oberherrschaft eines andern glücklicher und sicher weiß als, aller Wahrscheinlichkeit nach, in jeder andern Lage, so muß eine Staatsverfassung, wenn sie nicht fürchten will, über den Haufen geworfen zu werden, sie sei nun monarchisch, republikanisch oder gemischt, das heißt: die Verwaltung sei in einer Hand oder in mehrern Händen, also beschaffen sein, daß die Regierung

1. nie Gehorsam im Namen einzelner, sondern nur auf Autorität des Ganzen fordre;

2. keine Hauptveränderungen in der Regierungsform vornehme als mit Beistimmung der größern Anzahl, der sie auch von jedem Schritte Rechenschaft schuldig ist;

3. von dieser größern Anzahl keine Abgaben, Einschränkungen, Dienste oder Aufopferungen und keinen Gehorsam fordre, welche bloß der kleinern Anzahl Vorteile gewähren, ohne das Wohl des Ganzen zu befördern, oder welche die natürliche Freiheit über Gebühr einschränken;

4. keine solche Mittel, sich Gehorsam zu verschaffen, wähle, die in verkehrtem Verhältnisse mit dem Grade der Kultur und der Stimmung des Zeitalters und der Nation stehen.

Handelt eine Regierung nach diesen Grundsätzen, so wird sie schwerlich eine Revolution, eine Umkehrung, zu befürchten haben.

Und nun, was das Religionssystem betrifft! Da der Glaube der Menschen viel weniger wie ihre Handlungen dem Zwange unterworfen sein, da nicht einmal jeder einzelne sich selbst Gesetze über das, was er glauben oder nicht glauben will, vorschreiben, folglich das Recht, hierüber zu bestimmen, auch auf keinen andern noch auf den ganzen Staat übertragen kann; da ferner das Wesen der Religion einzig darin besteht, daß sie uns, aus den Begriffen, die wir uns von dem göttlichen Wesen machen, kräftigere Bewegungsgründe zu Erfüllung der von allen vernünftigen Wesen anerkannten Pflichten der Tugend darbietet; da endlich die äußre Art, der Gottheit unsre Verehrung zu bezeugen, zwar auch keinen eigentlichen obrigkeitlichen Verordnungen unterworfen sein, ihr wohl aber, durch Übereinkunft, eine gewisse Grenze gesetzt werden kann, so ist

1. selbst der Stärkere unvermögend, Meinung und Glauben irgendeinem Zwange zu unterwerfen;

2. der Stärkere mißbraucht sein Ansehn, sündigt gegen Wahrheit und billige Freiheit, wenn er auch nur der freien Untersuchung religiöser Gegenstände in Schriften und mündlichen Vorträgen Fesseln anlegen will;

3. die Regierung greift zu weit, wenn sie eine bestimmte Form von äußerer Gottesverehrung vorschreiben, eine vor der andern beschützen will. Welcher schwache Mensch kann bestimmen, auf welche Art Gott äußerlich verehrt sein will? Es kann also keine herrschende Religion geben; Toleranz ist Versündigung, denn *tolerieren* heißt: sich das Recht anmaßen zu erlauben; und da ist nichts zu erlauben; durch Einschränkungen solcher Art wird das *zeitliche* Wohl der Bürger nicht befördert, und das *ewige* Wohl liegt außer den Grenzen der Staatsanstalten;

4. der Staat kann aber dafür sorgen, daß keine Kirchensysteme eingeführt werden, welche Lehren verbreiten, die entweder den guten Sitten, der Tugend oder der bürgerlichen Ruhe gefährlich sind;

5. dasjenige Religionssystem kann sich in jedem Zeitalter sichre Dauer und eifrige Anhänger versprechen, welches uns die würdigsten, erhabensten, einfachsten, jedem Verstande faßlichen Begriffe von der Gottheit gibt, uns dabei die kräftigsten Bewegungsgründe zu aller Art menschlicher und bürgerlicher Tugend liefert und endlich einen solchen äußern Gottesdienst empfiehlt, der dem Geschmacke, den Sitten und der Kultur des Zeitalters angemessen ist. Das Lallen der Kinder und das Geheule der Wilden kann, in Betracht der guten Absicht, Gott auch wohlgefällig sein; aber – nur von Kindern und Wilden.

Fußnote

2 Warum ich hier auf einmal die Volksreligion mit einmenge, davon ist die Ursache leicht einzusehn. Leider sind die Kirchensysteme so innig mit den Staatssystemen verwebt, indem der geistliche Despotismus von jeher, nach

Gelegenheit, dem politischen entweder die Hand gereicht oder die Stange gehalten hat, daß beide Gegenstände nicht wohl zu trennen sind.

Fünfter Abschnitt
Ob die Welt ohne Staatsverfassungen und Religionssysteme bestehn könnte

Es ist ein herrlicher Traum, den Philosophen geträumt haben, aber es ist auch wohl nur ein Traum, daß einst eine Zeit kommen müßte, wo das ganze Menschengeschlecht mündig geworden sein, den höchsten Grad von Geistesbildung erlangt, zugleich seine moralischen Gefühle aufs höchste veredelt haben und dann keiner Gesetze mehr bedürfen würde, um weise und gut (denn das ist ja einerlei), kurz, um seiner Bestimmung gemäß zu handeln.

Das Bild ist zu schön, das dieser Traum unsrer Phantasie darstellt, als daß ich der Versuchung widerstehn könnte, eine Skizze davon zu entwerfen.

Man denke sich jedes Volk des Erdbodens in einem Zustande von Kindheit, in der größten Einfalt der Sitten! Jede Familie bebauet das Stück Ackers, das ihr bequem liegt; und das Land ist groß genug, ihr eine freie Wahl zu gestatten. Der Boden trägt willig die Früchte des Fleißes, und dieser Ertrag reicht zu, ihre mäßigen Bedürfnisse, ohne große Anstrengung, ohne saure Arbeit, zu befriedigen, ihr alle Notwendigkeiten des Lebens zu liefern. Bei dieser nützlichen Geschäftigkeit ist der Mensch an Leib und Seele gesund, ohne Gebrechen, ohne unruhiges Streben, ohne Leiden, ohne Sorgen für die Zukunft, stark und heiter. Aber die Bevölkerung nimmt zu; die Verbindungen werden mannigfaltiger, die Bedürfnisse vervielfältigen sich; und nun erwachen Wünsche und Leidenschaften. Durch Künste, Tausch und Handel entstehen neue Verhältnisse, die Einförmigkeit der Lebensart verschwindet; Mißtraun, Begierlichkeit und Neid erzeugen Forderungen, Zwist, Kampf, Streit, Krieg. Es werden Vergleiche geschlossen; neue Vereinigungen, Bündnisse und Trennungen geben dem gesellschaftlichen Leben eine andre Form. Es entstehen Staaten; der Stärkere aber unterjocht den Schwächern; man entwirft Gesetze, über die sich der Mächtige hinaussetzt und denen sich der Schutzbedürftige unterwerfen muß. Doch der Schlaue ersetzt durch List, was ihm an Kraft fehlt, und herrscht über *den* von geringern Geistesfähigkeiten. Täuschung ersetzt die Stelle der Gewalt; die Politik eines einzigen bauet ihren Thron auf die Uneinigkeit und Unentschlossenheit von Millionen. Treue und Glauben, Mäßigkeit und Einfalt verschwinden; die Sitten werden verderbt; jeder lebt nur für sich, hascht nach Genuß, genießt und begehrt noch immer, nimmt, wo er nehmen kann, und hat doch nie genug – fraget jeden einzelnen, und keiner ist zufrieden. Nichtswürdige Kleinigkeiten haben Wert erhalten, und das, was allein Wert hat und allein glücklich und ruhig machen kann – das findet der mit Blindheit geschlagne Haufen nicht. Indes aber hat die Kultur, zugleich mit Einführung des Luxus in alle Klassen der Bürger, Wissenschaften verbreitet und Geistesausbildung befördert. Das rastlose Streben nach Glück und Gemütsruhe erweckt Nachdenken über diesen verwickelten Zustand; die sich unglücklich fühlenden Menschen fangen an zu philosophieren, zu räsonieren; und nun kömmt der schönste Teil des Traums, aber, wie es mit Träumen geht, dann ist man auch nahe am Erwachen. Die Menschen werden endlich weise, durch eigne Erfahrungen und durch die Geschichte andrer Völker, und indem sie weise werden, werden sie auch tugendhaft; denn der höchste Grad der Aufklärung ist immer auch der höchste Grad von Güte. Sie öffnen die Augen und sehen: daß alles Streben und Ringen nach Genuß, Besitz und Freude auf nichts abzielt; daß die Befriedigung aller dieser Wünsche keine so große Summe von Glückseligkeit gewährt, als man in dem ersten Zustande der Natur ohne Mühe, auf dem einfachsten Wege, findet; daß *der* am mehrsten besitzt, der am wenigsten bedarf; daß nur *der* Genuß hat, der mäßig genießt; daß Tugend üben, sein eignes Interesse befördern und tugendhaft sein nichts anders heißt, als der Natur gemäß handeln; daß alle bürgerliche Einrichtungen doch nur Kinder des Verderbnisses, nur Mittel sind, das Übel zu verhindern oder gutzumachen; daß, statt an diesen ohne Unterlaß zu flicken und auszubessern, es vorteilhafter ist, solcher künstlichen Anstalten gar nicht zu bedürfen; daß alle Gesetze und Handhaber der Gesetze da überflüssig sind, wo jedermann den guten Willen hat, andre in Ruhe zu lassen, damit man seine Ruhe nicht störe; daß über andre zu herrschen ein sehr nichtswürdiger Vorzug ist. – Und so kommen denn die Menschen am Ende wieder auf den Punkt, von welchem sie ausgegangen, aber um nie wieder zurückzukehren. Denn nun ist die Einfalt ihrer Sitten nicht mehr das

Kennzeichen der rohen Unerfahrenheit, sondern das Werk der richtigsten Überlegung und Abwägung aller möglichen Verhältnisse und Lagen, das Resultat der reifsten, unverführbarsten Vernunft. Da ist dann der große Plan der Schöpfung vollbracht, das Menschengeschlecht in eine einzige Familie vereinigt und zu seiner ersten hohen Würde, dem Ebenbilde der Gottheit wieder erhoben, das verlorengegangen war durch den Genuß der verbotnen Frucht von dem Baume des Erkenntnisses des Guten und Bösen. Nun ist die Erlösung vollbracht; *die Wahrheit hat die Menschen frei gemacht* und ihnen eine ewige Glückseligkeit erworben.

Derjenige Teil des Traums, welcher uns die religiöse Erziehung des Menschengeschlechts darstellt, ist nicht weniger reizend; Lessing malt uns ein Zauberbild davon. Offenbarung ist geoffenbarte Vernunft, Mitteilung von Wahrheiten, die aus der Natur erkannt werden könnten, aber ohne höheren Unterricht nur mühsam gefunden werden. Die heiligen Bücher sind die Elementarbücher, welche der allweise Lehrer bei der Erziehung zum Grunde legt. Sie sind den schwachen Begriffen des Kindes angepaßt. Das Kind muß sinnlich geleitet werden; man gibt ihm die Lehre, in Bilder, in Gleichnisse, selbst in Fabeln eingehüllt. Man zeigt hin auf entfernte Belohnungen und Strafen; man führt nicht jedes Kind denselben Weg; die Methode muß nach Zeit, Umständen und dem Grad der Empfänglichkeit abgeändert werden, bis der Verstand zur Reife gediehn sein wird; dann bedarf es keiner Täuschung, keiner Bilder mehr. Dann wird es die Wahrheit unmittelbar aus der Quelle selbst schöpfen, ohne Zusatz. *Wir sehen noch durch einen Spiegel in ein dunkles Wort; dann aber werden wir ihn sehn, wie er ist.*

Soweit der herrliche, tröstliche Traum! Daß die Erfahrung aller Zeitalter die Möglichkeit der Erfüllung verdächtig macht; daß wir, leider! wahrnehmen, wie die Nationen, statt die Erfahrungen andrer Völker zu nützen, immer wieder in dieselben Torheiten und Verirrungen fallen, statt die Quelle des Übels aufzusuchen, nur die Form der Verderbnisse ändern, durch gewaltsame Revolutionen das Böse nur noch ärger machen, nicht die Ursachen der Tyrannei aus dem Wege räumen, sondern nur von Tyrannen wechseln; daß, wenn Kultur und Verderbnisse aufs höchste gestiegen sind, fast immer ein

Zustand von tiefer Barbarei wieder folgt, so wie nach einem Zeitraume, wo Aufklärung und spitzfündige Klügelei die Oberhand hatten, eine Periode voll Aberglauben und Stupidität eintritt – alle diese Tatsachen aus der Geschichte machen den gutmütigen, für das Wohl der Menschen glühenden Träumer nicht irre. »Eher«, sagt er, »kann jener glückliche Zeitpunkt nicht erscheinen, eher kann das unvergängliche Reich der Weisheit und Tugend nicht fest gegründet werden, als bis alle diese Erfahrungen sich ins unendliche gehäuft haben und alle Völker des Erdbodens den Zirkel der Verderbnisse mehrmals durchlaufen sind. Allein es kann nicht der Plan der Vorsehung sein, daß das Menschengeschlecht sich ewig in diesem Zirkel von Unvollkommenheit herumdrehn soll. Der Augenblick der letzten Katastrophe ist nur noch nicht da; aber er ist nicht fern; die Begebenheiten der neuern Zeit sind keine Wiederholungen; sie lenken unmittelbar und schnell zum Ziele. Die Gärung ist allgemein und kann zu nichts Kleinem, kann nicht das alte Spiel wieder herbeiführen.«

Wollte Gott, es wäre also! aber mir scheint diese Hoffnung wenigstens noch zu gewagt. Ja, wenn jeder einzelne die ganze Reihe von Erfahrungen an sich selber gemacht hätte, so könnte man wohl darauf rechnen, daß dauerhafte Eindrücke davon zurückblieben und seine Bildung vollendeten; allein fremde Erfahrungen dämpfen nicht eigne Leidenschaften, und von allgemeinen Begebenheiten macht man selten spezielle Anwendung, wenn das liebe Ich in das Spiel kömmt. Überhaupt liegt es sehr selten an der Erkenntnis, wenn die Menschen nicht gut und nicht weise handeln. Freilich muß echte Aufklärung manche Tugenden allgemeiner verbreiten, die in einem Zeitalter, wo Barbarei herrscht, nur selten angetroffen werden; aber immer wird der größere Teil der Menschen in jedem Jahrhunderte unmündig bleiben, wird Lenkung, Gesetze, ja, Zwangsmittel und Täuschung bedürfen. Diese Fesseln trägt auch jeder gern ohne Murren, wenn *der,* welcher sie ihm anlegt, nur dabei die Mühe übernimmt, ihm Sicherheit und Ruhe *zu* verschaffen. Er läßt sich gern einen Teil seiner Unabhängigkeit rauben, wenn er dagegen einen Teil seiner Sorgen von sich abwälzen kann; er tut gern Verzicht auf eignes Denken, wenn *der,* welcher für ihn denkt, ihm nur Resultate liefert, die ihn beruhigen; er läßt sich gern täuschen, wenn diese

Täuschung nur tröstlich ist – kurz, er opfert gern seine Freiheit auf, wenn dies Opfer nur freiwillig und für ihn wohltätig ist oder scheint.

Nach diesem Maßstabe also muß man alle Regierungsverfassungen und Volksreligionssysteme beurteilen, und jede, die auf andern Grundsätzen beruht, muß früh oder spät scheitern oder umgestürzt werden, sobald die größere Anzahl die Augen über ihren Zustand öffnet. Hingegen kann jede Verfassung von der Art sich Dauer versprechen, wenn sie jene Grundsätze respektiert, ihre Form mag sein, welche sie wolle. Ja – und vielleicht wird man sich wundern, mich aus diesem Tone reden zu hören –, ich glaube fast, obgleich ich anfangs erklärt habe, daß ich hierüber nichts zu entscheiden wagen würde, daß die monarchische Form vielleicht die zweckmäßigste von allen ist. Ich setze dabei voraus, daß der Monarch ein weiser und guter Mann sei. Ist er das nicht, so muß er wagen, was jede inkonsequente Regierung wagt, nämlich, daß es mit seinem Monarchenwesen keinen Bestand habe. Wir reden aber hier nur von der Form, caeteris paribus.

Ein einzelner Regent hat mehr Antrieb, seine Pflicht zu erfüllen, als mehrere; alle Ehre und alle Schande seiner Verwaltung fällt auf *ihn*; allen Dank, allen Segen erntet *er* ein; auf *seinen* Namen schreibt die Geschichte alles Gute und Böse in die Rechnung. Stehen aber mehrere am Ruder, so kann jeder von ihnen, wenn er etwas Böses tut, die Schuld von sich ab auf das Ganze wälzen, indes er nachlässig zum Guten ist, weil der Ruhm davon nicht ihm zuteil wird. Verschiedenheit der Meinungen und Neid hindern manche nützliche Ausführung. Weiß der Monarch, daß er, *insofern er seine Pflicht erfüllt,* lebenslang Herr bleibt, sieht er also das Land gleichsam als sein Eigentum an, so wacht er, wie ein guter Haushälter, über das öffentliche Vermögen; sein Interesse ist das Interesse des Ganzen; wo hingegen mehrere nur eine Zeitlang herrschen, da durchkreuzen sich oft die mancherlei Privatvorteile mit dem allgemeinen Wohl; und wir sind alle schwache Menschen. Weiß der Monarch, daß auch seine Kinder, *insofern die Nation sie dessen nicht unwürdig findet,* einst in seine Stelle treten werden, so kann er diese mit den Grundsätzen einer weisen Regierungskunst bekannt machen; da hingegen gewählte Repräsentanten, wenn sie unerwartet an die Spitze der Geschäfte gestellt werden, bei allem guten Willen doch zuweilen noch, aus dem Beutel des Staats, teures Lehrgeld geben müssen. Endlich herrschen bei der Regierung eines einzigen mehr Schnelligkeit in den Geschäften und Einheit im Plane; und der Monarch kann dennoch alle Kenntnisse einsichtsvoller Männer, deren Rat ihm nicht versagt wird, nützen.

Allein, indem man mich der Monarchie das Wort reden hört, vergesse man nicht, welche Bedingungen ich oben bei jeder Gewalt, die Menschen über Menschen ausüben, vorausgesetzt habe!

Sechster Abschnitt
Ob unsre heutigen Staatsverfassungen auf echten Grundsätzen beruhen und der Stimmung des Zeitalters angemessen sind

Nachdem ich nun im allgemeinen die Grundsätze entwickelt habe, auf welche durchaus eine jede Regierungsverfassung gebauet sein muß, wenn sie zweckmäßig und dauerhaft sein soll, so lasset uns doch nun auch sehn, ob unsre gegenwärtigen europäischen Staaten nach diesen Grundsätzen regiert werden oder nicht und ob also zu erwarten steht, daß sie noch lange so, wie sie beschaffen sind, bleiben können! Ich glaube, das ist nicht schwer zu beantworten, und es bedarf wohl keines weitläuftigen Beweises, um darzutun, daß die Regierungen der mehrsten kultivierten Länder nach und nach Maximen angenommen haben, die in dem allerauffallendsten Kontraste mit den ersten Grundsätzen des gesellschaftlichen Vertrags stehen – eine kurze Darstellung wird hinreichen, dies anschaulich zu machen, und dann werden wir zugleich gewahr werden, daß die mehrsten nicht einmal politisch genug sind, solche Mittel zu wählen, die der Stimmung des Zeitalters angemessen sind.

Das römische Recht schon ist ein wahres Alphabet des Despotismus. Kann man sich einen abscheulichern Grundsatz denken als den, welcher L.I. in pr. D. de constitutionibus principum steht? Quod principi placuit, habet legis vigorem. Der Willen, die Phantasie, die Grillen eines einzigen Menschen also sollen die Handlungen von Millionen bestimmen? Darauf kann der Vorsteher eines Irrhauses oder der Erzieher unmündiger Kinder seine Gewalt stützen, in einem wohlgeordneten Staate hingegen muß das Gesetz eher existieren als der Handhaber und Exekutor der Gesetze. Gestattet aber ein Volk seinem Regenten, willkürlich Verordnungen zu machen, die nicht in der Konstitution gegründet sind, so ist natürlich zu erwarten, daß diese Herrschaft nur so lange dauern kann, als die Nation, das heißt der stärkere Teil, sich das gefallen lassen will, weil sie entweder zu roh und unwissend ist, um über ihre Verhältnisse nachzudenken, oder sich bei den Verordnungen wohl befindet. Also ist eine solche Regierungsverfassung allen Gefahren einer Revolution ausgesetzt. Wir haben aber in Europa Länder, wo es gar keine

Volksrepräsentanten, Reichsstände, Parlamente, Landstände und dergleichen gibt, sondern wo der Willen des Herrn das höchste Gesetz ist; und in diesen Ländern ruht dann die Oberherrschaft auf schwachen Füßen.

Eine sehr unnatürliche, von einigen unsrer Juristen bestimmt oder verblümt behauptete und auch aus den römischen Gesetzbüchern, obgleich erzwungen, hergeleitete Lehre ist die: daß der Mensch, indem er das Band der bürgerlichen Gesellschaft geknüpft, seinen natürlichen Rechten entsagt hätte, daß das Völkerrecht das Naturrecht aufhöbe oder wenigstens dieses durch jenes beschränkt werden könnte – ein grober Irrtum! Seinen natürlichen Rechten kann niemand entsagen; sie machen einen Teil seiner Menschheit aus; aber übertragen kann er sie, und zwar:

1. nicht mehr Rechte übertragen, als er selbst haben würde, wenn er sie in Person ausüben wollte, und

2. kann er zwar einen Kontrakt schließen, der ihn, nicht aber einen solchen, der andre Menschen, am wenigsten die folgende Generation, verbindet.

Nun aber üben unsre Beherrscher Rechte aus, die sich gar nicht aus dem Naturrechte erklären lassen, sondern die vielmehr mit diesem im Widerspruche stehen, die niemand ihnen übertragen konnte, die niemand ihnen übertragen hat, die ihnen nicht angeboren und nicht auf sie vererbt sein können. Solche Regenten haben dann zu befürchten, daß ihre Gewalt aufhört, sobald der gute Willen, sich dies gefallen zu lassen, lau wird.

Überhaupt scheinen die beiden Grundsätze, daß der Willen des Fürsten das höchste Gesetz sei und daß die bürgerliche Verbindung die natürlichen Rechte aufhebe, von den mehrsten europäischen Beherrschern als ein Glaubensartikel betrachtet zu werden. Sie setzen sich und ihre Nachkommen auf ewige Zeiten an die Stelle derer, durch deren Übereinkunft sie die Oberherrschaft besitzen, ja, einige von ihnen scheinen ganz zu vergessen, daß alle Oberherrschaft ursprünglich von freiwilliger Übertragung herrührt und alle Gewalt vom Volke abstammt, dessen Stellvertreter sie sind. Sie sehen das ganze Land als ihr Erbstück, als ihr Eigentum an; sie vertauschen und verkaufen Provinzen, ohne sich darum zu bekümmern, ob die Untertanen Lust haben, sich einem andern Herrn zu unterwerfen oder nicht; sie fordern

Abgaben und treiben sie ein, ohne Rechenschaft abzulegen, ob diese Gelder zu Bestreitung der Staatsbedürfnisse verwendet werden; sie bestreiten aus dem öffentlichen Schatze ihren unnützen Aufwand und die Unkosten zu eiteln Vergnügungen und Flitterstaate; sie bestrafen Beleidigungen ihrer eignen Person wie öffentliche Verbrechen; sie setzen die übrigen Staatsbedienten nach Willkür an und ab; sie machen willkürlich neue Gesetze und widerrufen die alten, dispensieren, begnadigen, mildern und verdoppeln die Strafe; sie rauben Freiheit und Leben ohne vorhergegangnen öffentlichen Prozeß, ohne Bekanntmachung des Verbrechens. Wem schaudert nicht die Haut, wenn er liest, daß Ludwig der Eilfte zwei Prinzen von Armagnac in einem Kerker, in welchem sie nie grade aufrecht stehn und gar nicht gehn konnten, verschmachten ließ, nachdem sie wöchentlich zweimal bis aufs Blut gepeitscht und ihnen vierteljährlich ein Zahn ausgerissen wurde, und daß sich nachher fand, daß sie – gar nichts verbrochen hatten? Man antworte hierauf nicht, daß dergleichen in unsern Tagen nicht mehr geschehe! Erstlich ist das nicht wahr, und dann, wenn es auch so wäre, so bewiese das nichts. Eine Staatsverfassung, in welcher es nur *möglich* ist, daß dergleichen geschehn *kann* und *darf,* ist nicht besser wie eine Mördergrube und Räuberhöhle, und wer leugnet, daß dies noch jetzt in manchem europäischen Staate geschehn kann und darf? Sie selbst, die Regenten, glauben sich über die Gesetze erhaben, bestrafen Verbrechen, die sie täglich selbst begehen, und an der Seite einer vor den Augen des Volks unterhaltenen, geehrten, im Glanze des Reichtums und der Hoheit lebenden Mätresse unterschreiben sie Verdammungsurteile gegen Hurer und Ehebrecher. Zu Befriedigung ihrer Privatrache, und wo bloß ihr Familieninteresse im Spiele ist, führen sie blutige Kriege, die Hunderttausende das Leben kosten. Was ging denn der Spanische Sukzessionskrieg die französische Nation an? Was kümmerte es die Schweden, ob der König in Polen Augustus oder Stanislaus hieß? Sie privilegieren gewisse Stände auf Unkosten der übrigen Bürger und bestimmen über die öffentliche Ehre, als wenn diese von ihrer Schätzung abhinge, ein Werk ihrer Schöpfung wäre. Rang, Gewicht und Ansehn sind nicht der Preis des größern Verdienstes, der größern Nützlichkeit, sondern der Gunst eines einzelnen. Gefällt dem Fürsten ein Schmeichler, ein müßiggehender

Hofschranze vorzüglich wohl, so gibt er ihm den Rang eines Feldherrn und überschüttet ihn mit Reichtümern, die hundert arbeitsame Familien aus dem Elende retten würden. So sind denn die unnützesten Bürger die vornehmsten und reichsten und die, welche mit ihrer Hände Arbeit den Staat aufrechterhalten, verachtet und dürftig. Wo etwa noch Repräsentanten des Volks, dem Anscheine nach, das Recht haben, zu Abgaben und neuen Einrichtungen ihre Einwilligung zu geben oder zu verweigern, da werden diese Repräsentanten nicht frei gewählt aus denen, welche am mehrsten bei solchen Verhandlungen interessiert sind, sondern es sind Personen, die entweder aus Furcht oder aus Eigennutz so reden, wie es der Regent gern sieht, und die um so williger sind, ihm alles zu geben, was er fordert, da sie das Privilegium haben, keine der Lasten mitzutragen, sondern sie allein auf die Klassen zu wälzen, welche keine Stimme haben. Derjenige Stand, welcher grade am mehrsten leisten und zahlen muß, darf am wenigsten dazu sagen, auf welche Weise er leisten und zahlen will. Friedensschlüsse, die ganzen Nationen neue Verbindlichkeiten auflegen, werden, ohne Rücksprache, von einzelnen Personen beschworen und – gebrochen. Über dies alles seine Meinung freimütig, wenn auch noch so bescheiden, zu sagen, so wichtig auch diese Gegenstände der ganzen Menschheit sind und so unbezweifelt das Recht jedes Mitbürgers ist, sich darum zu bekümmern, wie mit ihm und dem Seinigen gewirtschaftet wird – das gilt für ein Staatsverbrechen. Gibt es doch in Italien einen Staat, der noch vor wenig Jahren sechstausend Spione besoldete, die jedes Wort von der Art aufsammeln und hinterbringen mußten!

Ebenso mit Vernunft und Billigkeit streitend wie die politischen Grundsätze in dem größten Teile von Europa, so sind es auch unsre gottesdienstlichen Einrichtungen und kirchlichen Verfassungen. Der Staat maßt sich das Recht an zu entscheiden, wie man von Gott und göttlichen Dingen denken und reden und nach welcher Form man dem höchsten Wesen seine Verehrung bezeugen solle. Diese von der weltlichen Regierung dem Schöpfer aller Dinge vorgeschriebne Weise, wie er sich soll anbeten lassen, nennt man dann die *herrschende Religion*, und gute Bürger, die aber nach einer andern Art, ihrer Überzeugung gemäß, die heiligste ihrer Pflichten, die keinem Zwange unterworfen sein kann, erfüllen wollen, können froh sein, wenn sie *geduldet* werden. Daß man sie von bürgerlichen Ämtern und Vorteilen ausschließt, versteht sich von selber, und es ist die Frage, ob jemand, der laut sich erklären würde, er glaube nicht an die ewige Verdammnis, auf dem ganzen festen Lande von Europa an irgendeinem Orte als Nachtwächter Brot fände. Die Geistlichen machen einen besondern Stand aus und mischen sich in Geschäfte, welche allein die weltliche Regierung angehen, dirigieren den Unterricht der Jugend und lassen den Menschen den vierten Teil seines Lebens, den er anwenden sollte, sich zum guten Bürger zu bilden, mit dem sehr unnützen Studium der dogmatischen Lehrsätze verschwenden und ihn, wenn er vierzehn Jahre alt ist, angeloben, was er sein ganzes Leben hindurch glauben will, gleich als wenn ein Mensch voraus wissen könnte, was er in der nächstfolgenden Stunde *glauben* wird, und als wenn man nicht jedem überlassen müßte, da, wo es nur auf seine individuelle Überzeugung und Glückseligkeit ankömmt, sich ein System zu wählen, das ihm Ruhe und Zufriedenheit gewährt! Noch alberner, wenn das möglich ist, muß es einem Philosophen vorkommen, daß die Fürsten in Friedensschlüssen miteinander darüber einig werden, was ihre sämtlichen Untertanen künftig glauben sollen. In katholischen Reichen übt denn vollends die Geistlichkeit eine Gewalt aus, die zuweilen sogar der weltlichen Regierung furchtbar ist und die ihr niemand übertragen hat, verschwelgt im Müßiggange das Fett des Landes, verurteilt ihre Mitglieder, den Trieben der Bestimmung und den Pflichten zu entsagen, wozu die Natur alle Geschöpfe auffordert, und entzieht dem Staate tätige Bürger, um sie in Klöster einzusperren. Die vorgeschriebne Art der äußern Gottesverehrung besteht in manchen Ländern aus läppischen, kindischen Zeremonien, in andern aus den allerlangweiligsten und geschmacklosesten Gebräuchen.

Alle diese politischen und kirchlichen Systeme nun hindern denn auch den Fortgang der Wissenschaften und hemmen den freien Untersuchungsgeist. Wem die Natur Talente gegeben hat, Licht zu verbreiten und Wahrheit zu finden, der muß seine schönsten Jahre verschleudern, um sich und die Seinigen fähig zu machen, durch die Menge verwickelter Verhältnisse hindurch, in die Klasse der wenigen hinaufzurücken, die auf Unkosten der übrigen größern Anzahl leben; die Philosophie darf über alles grübeln, nur nicht über das, was den Menschen am wichtigsten ist; wer Geschichtbücher schreibt, der schildert die Torheiten und Verirrungen einzelner Personen. Der Gelehrte muß ums Geld arbeiten; er muß sich also nach Zeit, Umständen und den Launen des Publikums richten, statt nur Wahrheit und Schönheit vor Augen zu haben. – Doch warum sollte ich die Züge häufen, um die Inkonsequenzen unsrer Verfassungen zu schildern? Leugne einer, wenn er kann, daß das Original zu diesem mehr oder weniger ähnlichen Bilde in allen europäischen Staaten anzutreffen ist! Oder sollen wir England ausnehmen? Freilich, wenn wir des Herrn de l'Olme Roman über die englische Konstitution für treue Darstellung der Verfassung halten wollen, so findet man nirgends eine zweckmäßigere Gesetzgebung, mehr Gleichheit in Verteilung der Gewalt, mehr persönliche Freiheit und Sicherheit als in Großbritannien. Aber beleuchten wir ein wenig die Szene, so werden wir andrer Meinung. Des Königs Gewalt über Krieg und Frieden und überhaupt seine monarchische Macht ist dadurch eingeschränkt, daß von der Nation die Verwilligung der zu jeder Unternehmung nötigen Gelder abhängt; auch darf er, ohne Einstimmung der Parlamente, keine Gesetze geben. Diese Parlamente nun bestehen aus gewählten Repräsentanten, die, wie bekannt ist, nach einer höchst widersinnigen Proportion das ganze Volk vorstellen, so daß eine Universität deren mehr abschickt als eine ganze Grafschaft. Bestechungen haben, nach Monsieur de l'Olmes Versicherung, dabei nicht statt; aber das ist keinem, der gewählt werden will, verwehrt, daß er einem Wählenden für einen Korb voll Eier hundert Pfund Sterling bezahle. Die Hofpartei ist also nicht nur Meister von den Wahlen, sondern kann auch, da sie Ehrenstellen und Pfründen vergibt, sich nach Gefallen Partei ma chen und durch die Überstimmen Dinge durchsetzen, wovon jedermann weiß, daß der neunundneunzig Hundertteil der Nation dagegen ist. Die Justiz wird so verwaltet und die Gesetze sind so klar, daß nirgends in der Welt die streitenden Teile so jämmerlich von den Advokaten geschunden und nirgends in der Welt so himmelschreiende Urteile gesprochen werden als in England. Die Friedensrichter sind nicht selten bestechbar, die Geschwornen oft gewissenlose Menschen aus dem niedrigsten Pöbel. Ein Bösewicht, der mich als Dieb angibt und seine Aussage durch einen Meineid bekräftigt, kann mich ohne Umstände an den Galgen bringen. Durch den geringsten Anstoß gegen übliche Förmlichkeiten wird die gerechteste Sache verloren, und der ärgste Verbrecher bleibt ungestraft, wenn bei seinem Prozesse gegen eine solche Formalität gefehlt ist. Als im Jahre 1790 ein verworfner Mensch die Frauenzimmer auf offner Straße mörderischerweise mit Messern anfiel und er endlich entdeckt und angeklagt wurde, fehlte nicht viel, daß man ihn hätte ohne Strafe freilassen müssen, weil die Anklage in eine solche Form gebracht war, daß daraus nichts erwiesen werden konnte, als daß er ein paar Löcher in die Kleider einiger Damen gerissen hatte. Ein Mädchen, das Hauben gestohlen hat, wird, wenn auch der Diebstahl selbst erwiesen ist, freigesprochen, wenn der Ankläger aus Versehn Leinewand nennt, was Nesseltuch war. Ein Mann darf seine Frau, mit einem Stricke um den Hals, auf dem Markte verkaufen. Vor zwei Jahren geschahe dies in einer englischen Stadt von Gerichts wegen an einer Armen, welche die Gemeine nicht länger zu ernähren Lust hatte. Wenn ein unglücklicher Mensch, einer Kleinigkeit wegen, am Pillory steht, so wird dem Pöbel verstattet, ihn zu Tode zu martern. Von den greulichen Gewalttätigkeiten, die im Jahre 1790 bei dem Matrosenpressen vorgingen, habe ich schon oben geredet; ich will nur noch den Herrn von Archenholz als Zeugen anführen, der uns erzählt, wie damals freie, mit Gewalt angeworbne Menschen zu Hunderten in enge Schiffsräume zusammengepackt wurden, wo viele von ihnen, wie im schwarzen Loche in Kalkutta, erstickten. Der Unfug der Akzise-Bedienten beweist auch nicht, daß Freiheit in England respektiert wird; daß jemand, der die Schwester seiner verstorbnen Frau heiratet, wie ein Blutschänder bestraft wird, ist eben kein Zeichen einer philosophischen Gesetzgebung. Die reichen Geistlichen führen ein ärgerliches und wollüstiges Leben in der Hauptstadt und lassen drei oder vier Landpfarreien, welche sie an sich gekauft haben, durch Vikarien versehn. Hierzu werden die gewählt, welche am wenigsten Besoldung fordern; die Gemeinen müssen mit den verworfensten, unwissendsten Menschen zu Seelsorgern vorliebnehmen, indes die wirklichen Pfarrer von ihrem teuren Gelde in London Mätressen unterhalten und nie keinen Fuß in ihre Kirchsprengel setzen. Die Preßfreiheit wird von Jahren zu Jahren mehr eingeschränkt. Luxus, Mangel an Treue und Glauben und

Unsittlichkeit nehmen auf eine fast unglaubliche Weise überhand. Öffentlich werden Akademien eröffnet, in welchen man Unterricht im Stehlen gibt; öffentlich werden die Hasardspiele geduldet, gegen welche man die strengsten Gesetze gegeben hat; die Menge müßiger, gegen die Ordnung der Natur lebender Menschen vermehrt sich in allen Ständen, und die unerhörtesten, niederträchtigsten Verbrechen und Laster, wovon man täglich Beispiele sieht, laden den Staatsmann und Philosophen eben nicht ein, die englische Verfassung zum Muster anzupreisen.

So sieht es mit unsern europäischen Staatsverfassungen aus – leugne das, wer da kann, und verteidige das, wer da darf! Nicht daß wir keine edle, große, die heiligen Menschenrechte respektierende Könige und Fürsten hätten; aber wir reden hier nicht von einzelnen Menschen, die sich des Mißbrauchs *enthalten,* den sie von ihrer Gewalt machen *könnten,* und die, soviel möglich, den Fehlern auszuweichen, die Gebrechen zu heilen suchen, die in der Konstitution liegen, sondern von den Verfassungen selbst reden wir, die von der Art sind, daß keine bestimmte Gesetze jenen *möglichen* Mißbrauch einschränken. Sie sind also gegen die Ordnung der Natur; sie streiten mit dem ersten Zwecke jeder gesellschaftlichen Vereinigung, indem sie, statt die allgemeinen Menschenrechte und die persönliche Sicherheit und Glückseligkeit aller durch gegenseitigen Schutz zu befördern und gegen Beleidigungen zu sichern, vielmehr ganz darauf eingerichtet zu sein scheinen, daß eine kleinere Anzahl der Bürger, auf Unkosten der größern Anzahl, ihre Leidenschaften befriedigen, sich Vorteile verschaffen und Vorrechte anmaßen könne, die ihnen nach der Ordnung der Natur nicht zukommen. In den Zeiten der Barbarei nun, wo unter hundert Menschen kaum einer fähig ist, über seine Verhältnisse nachzudenken, wo dicke Nebel die Augen des großen Haufens umhüllen und alle Ressorts, aus welchen das Maschinenwerk des Despotismus besteht, ihre volle Kraft haben, da läßt sich eine solche Gewalt über die Menge erlangen. Auch beruht diese Gewalt auf dem heiligen, in der Natur gegründeten Rechte des Stärkern; denn wenn der Schwächere in den Kräften seines Geistes und in seiner Geschicklichkeit Hülfsquellen findet, die ihm den Mangel an körperlicher Prästanz ersetzen, oder wenn er den Stärkern dahin bringen kann, daß er freiwillig oder aus ungegründeter Furcht ihm ein Übergewicht zugesteht, so wird er ja dadurch der Mächtigere. Allein sobald jener die Augen öffnet und anfängt, sich selber zu erkennen und zu fühlen, dann ist die Zeit der Täuschung aus, und das künstliche Regiment hat ein Ende. Töricht wäre es, verlangen zu wollen, daß in einem Zeitalter, wo Kultur und Wissenschaften in allen Ständen zugenommen haben, die alten Gängelbänder, an welchen man unwissende und dumme Menschen leitet, nämlich Vorurteil, Autorität, Täuschung und blinder Glauben, noch immer den Haufen der Starken im Zaume halten sollten. Und doch verlangen wir nicht nur, diese Albernheit durchzusetzen, sondern wir wollen sogar die Sache per modum contrarium treiben, das heißt: indes das Volk täglich klüger, täglich abgeneigter wird, sich im Blinden führen zu lassen, werden die Ansprüche der Herrscher auf blinden Gehorsam täglich größer. – Das Kind behandelte man mit Glimpf, und den Mann will man mit der Rute züchtigen. Ist es möglich, ist es denkbar, daß dies dauern könne? Nein, gewiß nicht! und ohne Prophet und ohne Aufwiegler zu sein, kann man es voraus verkündigen, daß allen europäischen Staatsverfassungen eine nahe Umkehrung bevorsteht.

Siebenter Abschnitt
Welche Art von Revolution in den Staatsverfassungen zu erwarten, zu befürchten oder zu hoffen sei

Man sage doch ja nicht, daß die französische Revolution das Feuer des Aufruhrs in allen Gegenden von Europa anblase, noch daß selbst die kühnsten und unvorsichtigsten Schriftsteller, welche den Rechten der Menschen und der Freiheit das Wort reden, ruhige Völker zu Empörungen verleiten! Ich werde mich bemühn, das Gegenteil solcher Behauptungen in diesem und den folgenden Abschnitten darzutun.

Ich meine hinlänglich bewiesen zu haben, daß alle europäische Staatsverfassungen von der Art, daß sie so, wie sie beschaffen sind, bei der jetzigen Stimmung des Zeitalters nicht dauern können. In Frankreich nun war das Übel am ärgsten, der Despotismus auf den höchsten Grad gestiegen; zugleich hatte die gegenwirkende Kultur in allen Ständen zugenommen, indes Armut und Elend das Volk zur Verzweiflung brachte. Frankreich war also der Teil des Geschwürs, der zu seiner ganzen Reife gelangt war und der daher zuerst aufbrechen oder durchgestochen werden mußte. Statt darüber zu jammern, sollten wir uns freuen, wir an dern Europäer, daß nicht zuerst uns die Reihe getroffen, daß wir, wenn wir es nur recht anfangen, uns den Schmerz einer ähnlichen Operation ersparen und durch zerteilende Mittel die materia peccans fortschaffen können. Das Beispiel unsrer Nachbarn kann für Regenten und Volk heilsam werden. Jene mögen sich daran spiegeln und gewahr werden, was der große Haufen vermag, wenn man ihn aufs äußerste treibt, und wie wenig die alten Quacksalbereien gegen ein so eingewurzeltes Übel wirken; das Volk aber mag durch den Anblick aller Greuel der Anarchie bewogen werden, sich zu keinen übereilten Schritten verleiten zu lassen, nicht, ohne die äußerste Not, zu gewaltsamen Mitteln zu schreiten und einen leidlichen Zustand von konventioneller Ruhe und Glückseligkeit nicht gegen die ungewissen Folgen einer gänzlichen Umstürzung auf das Spiel zu setzen!

Also ist es nicht die französische Revolution, welche den Ton von Unzufriedenheit unter den übrigen Völkern anstimmt, sondern umgekehrt, die allgemeine Unzufriedenheit ist zuerst in Frankreich ausgebrochen. Auch sind es nicht die Schriftsteller, die sogenannten Aufklärer und Apostel der Freiheit, nach denen Hoffmann, elenden und jämmerlichen Andenkens, mit Gassenkot wirft, diese Schriftsteller sind es nicht, welche Aufruhr erwecken; sondern die allgemeine Stimme des Volks ist es, die durch diese Schriftsteller redet. Noch nie haben Bücherschreiber große Weltbegebenheiten bewirkt, sondern die veränderte Ordnung der Dinge wirkt im Gegenteil auf den Geist der Bücherschreiber. Jeder fühlt dann dunkel das Bedürfnis zu reden, bis einer endlich den Mund öffnet. Und wäre er es nicht, so würde es ein andrer sein. – Es ist aber Wohltat, daß dergleichen zur Sprache komme und von allen Seiten beleuchtet werde, weil es noch Zeit ist. Geht die Tat vor dem Räsonnement her, so ist das Übel unendlich größer. Luther hat die Reformation bewirkt; aber was für eine Reformation? Eine solche, die nicht ausbleiben konnte, wovon das Bedürfnis in allen christlichen Staaten gefühlt wurde. Ohne dies allgemeine Bedürfnis würde sein Toben und Wirken ohne Nutzen und ohne Schaden geblieben sein. Man würde ihn wie einen Schwärmer behandelt und seinen Reformationsplan, zugleich mit jenes französischen Abts Vorschlägen zu einem ewigen Frieden, belächelt haben.

Wollt ihr aber wissen, welche Schriftsteller das Volk zum Aufruhre reizen könnten? Solche Skribler, solche Schmeichler wie Hoffmann[3] und seinesgleichen, die sind es, welche, indem sie gegen die gesunde Vernunft und den freien Untersuchungsgeist zu Felde ziehen, jedem bessern Manne, der noch gern geschwiegen hätte, den Mund öffnen. Sie mißleiten und verblenden schwache Fürsten, die sonst im Begriffe sind, über ihre mißliche Lage erleuchtet zu werden, erbittern durch leidenschaftliche Grobheit und machen jede Sache verdächtig, die solcher verächtlichen Verteidiger bedarf.

»Aber was für Beruf«, fragt der Furchtsame, »was für Beruf habt ihr Schriftsteller, euch in diese Händel zu mischen? Was gehen euch die Regierungen der Welt an? Wandelt doch euren Gang in Frieden fort und schreibet über ...« – Nun? worüber? Über was für Gegenstände, wenn man nicht über die schreiben soll, die der ganzen Menschheit interessant und wichtig sind? Hat nicht jeder Bürger im Staate Beruf, sich in Angelegenheiten zu mischen, wovon die Wohlfahrt aller abhängt? Und wenn dein eignes Haus nicht brennt, folgt daraus, daß du deinen Nachbar nicht warnen dürfest vor Unvorsichtigkeit mit Feuer und Licht? – Wahrlich! eine schöne Lehre! Also, wenn Millionen über die Mißhandlungen eines einzelnen seufzen, so soll keiner das Recht haben, die allgemeinen Klagen vor den Richtstuhl zu bringen? »Ja, vor den Richtstuhl.« – Und vor welchen? Etwa vor den Richtstuhl derjenigen, die selbst die Beklagten sind? – Nein! Vor den Richtstuhl des Publikums, des gesamten Volks! Dahin gehören solche Klagen, und diese Publizität allein ist das sicherste Mittel, heimlichen Meutereien und den Einwirkungen im Finstern schleichender Rotten vorzubeugen.

»Aber man darf gewisse Wahrheiten ebensowenig laut predigen, als man kleinen Kindern Messer und Scheren in die Hand geben darf.« – Wer hat euch das glauben gemacht? Echte Wahrheiten können unbrauchbare Werkzeuge für Unmündige, aber nie, in keines Menschen Hand, gefährliche Waffen sein. Das Gegenteil haben von jeher nur solche Leute behauptet, die ihren schändlichen Vorteil bei der Verfinsterung finden. Schade um die elende Glückseligkeit, die auf Lügen und Vorurteilen beruht! Täuschung – selige Täuschung! Das ist eine Dichterphrasis und mag beim Liebeln und Empfinden gar angenehme Dienste tun; aber wo es heilige Menschenrechte und zeitliche und ewige Glückseligkeit gilt, da hat kein Mensch, kein Engel das Recht, uns zu täuschen.

»Allein habe ich nicht selbst gesagt, daß der größte Teil des« Menschengeschlechts in allen Zeitaltern unmündig und der Täuschung unterworfen bleiben werde?« – Ja, werde, leider! *werde*; aber nicht *solle*, nicht *müsse*. Gibt denn das uns das Befugnis, ihn mutwilligerweise zu betrügen, ihm sein Eigentum an Wahrheit und Weisheit zu schmälern? Wer hat uns zu Vormündern auf ewige Zeiten von gewissen Volksklassen gemacht, ohne Unterschied, ob unter diesen nicht vielleicht Menschen sind, deren Verstandskräfte die unsrigen weit übertreffen? Noch einmal! unmündig und schwach bleibt freilich der größte Teil aller Lebendigen; aber dieser Teil besteht nicht grade aus Bauern. Das wäre ja erschrecklich, wenn ein ganzer Stand, und zwar der nützlichste im Staate, verurteilt sein sollte, ewig dumm und unwissend zu bleiben; und es ist töricht, zu sagen, man werde an ihm zum Wohltäter, wenn man ihn in einer Täuschung erhält, bei welcher er sich so übel befindet.

Allein nicht nur ist keine Befugnis, es ist auch keine Möglichkeit da, die Aufklärung zurückzuhalten; und wenn sie nun einmal, ohne unser Gebet, ihre Fortschritte macht, so ist es die Pflicht derer, die über so wichtige Gegenstände reiflicher nachgedacht haben, ihren Mitbürgern den Leitfaden zu beßrer Anordnung ihrer Gedanken zu geben – das ist wahrer Schriftstellerberuf. Auf diese Weise kann der Gelehrte, wenn er das Bedürfnis seines Zeitalters richtig kennt, sehr nützlich werden. Schaden stiften kann er, *wenn das, was er sagt, wirklich echte Wahrheit ist,* nie. Kömmt diese Wahrheit zur Unzeit, das heißt: kalkuliert er das Bedürfnis unrichtig, so wird sie nicht erkannt, nicht verstanden, zieht ihm vielleicht Verfolgung zu; aber Unglück kann der nie stiften, der *echte* Wahrheit geltend macht. Sehr viel mehr Unglück stiftet halbe Aufklärung, Verworrenheit in Begriffen. Und jetzt leben wir in einem Zeitalter, das sehr viel Licht verträgt, in welchem man gewisse Wahrheiten nicht zu oft sagen kann. Alle Klassen der Bürger lesen, lesen Geschichtsbücher, lesen Zeitungen; sie erfahren dann, daß Tristan l'Hermite mehr als viertausend unschuldige Menschen, unter Ludwig des Eilften Regierung, in der Bastille umkommen ließ; sie erfahren, daß nun die Bastille nicht mehr ist, daß das Volk sie, und mit ihr den Despotismus, zerstört hat. Sie sehen also, daß man so etwas tun *kann;* sie lesen auch, daß viele behaupten, man *dürfe* so etwas tun; sie fangen auch wohl an zu ahnden, man habe von jeher sich angemaßt, alles tun zu *dürfen,* was man tun *konnte* – und so ist denn freilich leicht abzusehn, daß auch sie so etwas tun *werden,* wenn sie *wollen.*

Hier ist also kein andres Mittel, als den Willen zu lenken und die Vernunft, welche den Willen regiert, zu überzeugen. Jenes ist in der Regenten Hand, dieses ein Geschäft der Schriftsteller. Wenn die Regierungen ihre Pflichten so treu erfüllen und dabei solche zu dem Zeitalter passende Mittel wählen, daß die Bürger im Staate sich glücklich fühlen, so entsteht kein Mißvergnügen, kein Bedürfnis, folglich auch kein Willen, die Ordnung der Dinge zu verändern. Und wenn dann die Schriftsteller die echten Grundsätze entwickeln, worauf die Rechte aller Menschen und ihre Verbindlichkeiten gegeneinander beruhen, die Vorteile der bürgerlichen Gesellschaft und die daraus entstehenden Pflichten, die Notwendigkeit einer gewissen Ordnung und der Unterwürfigkeit gegen die Gesetze, wenn sie dies mit Freimütigkeit und Klarheit tun, so wird das auf alle Stände gesegneten Einfluß haben; die Regenten werden die Unvermeidlichkeit einer Veränderung in ihren Systemen erkennen und zweckmäßige Mittel wählen, allen Klagen abzuhelfen; das Volk aber wird vorsichtig werden und sich zu keinen tumultuarischen Schritten verleiten lassen.

Fußnote

3 Doch dieser unwissende Schwätzer, welcher Professor des teutschen Stils ist und keine Seite ohne grammatikalische Fehler schreiben kann, der mit beispielloser Frechheit sich rühmt, der Kaiser sei Mitarbeiter an seinem albernen Journale – der wird nun wohl von seinen langöhrichten Mitbrüdern am wenigsten Nachteil stiften.

Achter Abschnitt
Wie allen gewaltsamen Revolutionen vorgebeugt werden könne

Wer in seinem Hause sich behaglich fühlt und kein Müßiggänger ist, pflegt sich selten um das zu bekümmern, was der Nachbar in dem Innern seines Hauswesens treibt; und ein Volk, bei welchem ein ziemlich gleich verteilter Wohlstand und dabei nützliche Tätigkeit herrschen, pflegt eben keinen leidenschaftlichen Anteil an den Begebenheiten und Gärungen in fremden Ländern zu nehmen. Die Sorge für das allgemeine Wohl geht wenig Leuten so nahe zu Herzen als die Sorge für das eigne Ich. Wer also Interesse für eine Veränderung in der Staatsverfassung empfinden soll, der muß überzeugt sein, daß seine und der Seinigen persönliche Existenz bei dieser Veränderung einen Zuwachs von Vollkommenheit erlangen würde.

Die Anzahl derer, die Ruhe und Gemächlichkeit lieben und ungern rasche Schritte tun, ist unendlich größer als die der unruhigen Köpfe voll rastloser Tätigkeit. Wenig Menschen setzen gern das gewisse Gute aufs Spiel gegen das Ungewisse, wonach man mit Gefahr ringen muß. Einzelne Aufwiegler machen wenig Eindruck auf Gemüter, in denen nicht schon der Samen der Unzufriedenheit keimt; und also sind im ganzen nur gemißhandelte und gemißbrauchte Menschen zum Aufruhre geneigt oder leicht dazu zu vermögen.

Jeder irgend verständige Mensch weiß, daß man in diesem Erdenleben eine gewisse Summe von Ungemächlichkeiten und Lasten tragen muß. Von Jugend auf wird er an Aufopferungen gewöhnt, und Gewohnheit hat größere Gewalt über ihn wie alles übrige; folglich muß zu dieser Last, seinem Gefühle nach, eine unerträgliche Zugabe kommen, wenn er bewogen werden soll, zu murren und das Gewöhnte unnatürlich zu finden.

Wer nicht gewahr wird, daß es andern Leuten unter denselben Umständen besser geht als ihm, wird nicht leicht mit seinem Zustande unzufrieden werden.

Liebe und Zuneigung zu Wohltätern, Dankbarkeit für Schutz und gewährte Sicherheit, Erkenntlichkeit gegen edle und redliche Behandlung, Verehrung hervorstechender Talente und eine Art von Furcht vor überwiegender Klugheit ist allen vernünftigen Wesen von Natur eingeprägt. Nur Menschen von äußerst stürmischen Leidenschaften (und diese machen gewiß den geringern Teil des großen Haufens aus) verleugnen solche Gefühle.

Wer eine rasche, gefährliche Tat ausführen will und dazu die Mitwirkung vieler bedarf, wird nicht leicht sich andern eröffnen und ihnen seine Plane mitteilen, wenn er nicht gewiß überzeugt ist, daß diese von eben den Empfindungen wie er durchdrungen sind, und das setzt entweder eine allgemein gegründete Unzufriedenheit oder eine allgemeine Korruption der sittlichen Gefühle voraus – an beiden ist die Regierung schuld.

Aus diesem allen ziehen wir theoretisch folgende Schlüsse: daß Empörungen in keinem andern als in einem äußerst verderbten, in einem äußerst unglücklichen oder in einem äußerst inkonsequent regierten Staate zustande gebracht werden können. In dem erstern, weil da der größere Teil der Menschen geneigt ist, ungerecht zu handeln; in dem zweiten, weil da die Menschen, es komme, wie es wolle, nichts zu verlieren haben; und in dem dritten, weil da die Menschen weniger Gefahr fürchten, wenn auch der Anschlag mißlingen sollte.

Aber auch aus der Erfahrung läßt sich beweisen, daß nur in solchen Staaten Revolutionen auszubrechen pflegen, in welchen die Regierungen entweder ohne feste Grundsätze oder nach grausamen oder nach unmoralischen Grundsätzen gehandelt, folglich sich entweder Verachtung oder Abscheu zugezogen haben.

Peter der Große stürzte alles über den Haufen, woran seine Völker aus Vorurteil und Gewohnheit hingen. Mit der unumschränktesten Gewalt herrschte er über Leben, Stand, Vorrechte und Vermögen der Untertanen. Allein er selbst war ein großer, mutiger Mann, der Erste seiner Nation; er gab das Beispiel in aller Art von Aufopferung, Gehorsam und Tätigkeit; alle seine Einrichtungen trugen das Gepräge der Sorgfalt für das allgemeine Wohl; ihr Nutzen zeigte sich offenbar, und sein Despotismus war dem Genie des Volks und dessen Sitten angemessen – also drang er durch, und es kam keine Hauptempörung gegen ihn zustande, in einem Reiche, wo sonst der kleinste Funken das Feuer des Aufruhrs in helle Flammen auflodern macht.

Karl der Zwölfte opferte seinem unbegrenzten Ehrgeize und seinem Eigensinne das Leben und den Wohlstand seiner treuesten, besten Untertanen ohne allen Zweck auf, entvölkerte Schweden, stürzte es zu der tiefsten Stufe der Armut herab und regierte mit beispielloser Härte und Willkür – und dennoch fand er den willigsten Gehorsam, ohne Murren – warum? Weil er selbst für sich so wenig foderte und, bei allen Verirrungen jener Leidenschaften, so wenig der Sklave weichlicher Begierden und dabei so tapfer wie keiner, so unermüdet, so wachsam, so populär, so mäßig, so religiös war – kurz, weil er in hohem Grade die Tugenden besaß, für welche sein Volk Sinn hatte, und nie in solche Verirrungen fiel, welche bei diesem Volke die Bewundrung seiner Erhabenheit hätte schwächen müssen.

Und nun das Muster aller Könige, das Wunder aller Zeitalter, Friedrich der Einzige – wer herrschte unumschränkter, willkürlicher als er? Wer vertrug weniger Widerspruch? Über welches Königs Despotismus und Tyrannei haben die Ausländer lauter geschrien? – Aber auch nur Ausländer; denn in welchem Lande herrschte je ein wärmerer Enthusiasmus für einen Monarchen als in Preußen während der unvergeßlichen Regierung dieses göttlichen Mannes? Aber er respektierte das, was dem Menschen das Heiligste ist, für dessen ruhigen Besitz er gern alles übrige aufopfert – Freiheit zu denken, zu reden, zu schreiben, zu glauben und zu bekennen, was in seinem Kopfe oder in seinem Herzen ist und er wahr machen zu können meint. Ihm war nicht bange vor Meutereien, vor Aufwieglern, vor Aufklärern, vor Volksverführern. Hier in der freien Reichsstadt, in der ich lebe, würde ich es nicht wagen, über die Torheiten eines unbedeutenden kleinen Prinzen so unbefangen zu urteilen, wie man damals von dem größten Könige des Erdbodens laut in seinem Vorzimmer in Potsdam reden und über jede seiner Handlungen räsonieren durfte. Aber diese Handlungen brauchten auch nicht das Licht zu scheuen. Da saß er, ohne Leibwache, bei offnen Türen, ohne zu fürchten, daß jemand einen Anschlag auf ein Leben wagen würde, das ganz der Tätigkeit für das allgemeine Wohl gewidmet war. Sein Machtspruch bestimmte Auflagen und Abgaben, aber er verschwelgte nicht das Eigentum der Untertanen mit Buhlerinnen und Geigern und Pfeifern; alle Ausgaben waren Staatsbedürfnisse. Wie mancher reiche Privatmann im Lande lebte bequemer, üppiger, glänzender als er! Wen ohne sein Verschulden Not und Unglücksfälle zu Boden schlugen, der konnte, wenn er kein Tagedieb, sondern ein nützlicher Bürger war, sicher sein, bei ihm Rettung und Hülfe zu finden. Er ehrte das Verdienst in jedem Stande, und seine Freunde waren Menschen, denen kein vernünftiger Mann seine Achtung versagen konnte. Projektmacher, Schwärmer und andächtelnde Heuchler fanden keinen Eingang bei seiner nüchternen Vernunft. Wer arbeitete emsiger, besser, unermüdeter, pünktlicher wie er? Strenge Gerechtigkeit leitete jeden seiner Schritte, soweit menschliche Einsicht reichen kann. Nie machte seine Willkür Ausnahmen von bestimmten Gesetzen; nie verlor er seinen Hauptplan aus den Augen, der nicht verheimlicht wurde, der offen dalag, jeder Prüfung ausgestellt. Aber wer hätte auftreten mögen und sagen: ich will besser regieren als er? Wer durfte denken, er sei unerschrockner, scharfsichtiger, schneller bei dringenden Fällen, geschickter, begangne Fehler zu verbessern, wachsamer, weniger vergessend? Wer war liebenswürdiger, hinreißender, überredender, witziger als er im geselligen Umgange? Er bezahlte keine Inquisitoren, keine Lobredner und keine Spione; seine Heere beschützten sein Land, nicht seine Person; seine Sicherheit, seine Unverletzlichkeit beruhete auf seiner Tugend, auf seinem entschieden hohen Werte, auf der Reinigkeit seiner Absichten und auf der Weisheit seiner Mittel. Er ließ den Leuten nicht aus der Bibel beweisen, daß sie ihm gehorchen müßten, sondern erregte den Willen in ihnen, gern zu tun, was er befahl, weil sie seiner Weisheit trauen durften. Und hätte er tausend Jahre regiert und hätten um ihn her unzählige Volksaufklärer und Freiheitsapostel über die Rechte der Menschheit, über die Befugnisse, sich frei zu machen, über die Gleichheit der Stände und gegen Kirchensysteme geschrieben, nie hätten seine Untertanen sich zum Aufruhre bewegen lassen; denn sie fühlten sich – die Unvollkommenheit aller menschlichen Anstalten abgerechnet – glücklicher, sicbrer, freier als irgendein andres Volk.

Fragt man, warum die Regierung des edeln Kaisers Joseph, dessen Hauptaugenmerk doch gewiß auch nur das allgemeine Wohl und das Glück seiner Völker war, dennoch durch innerliche Gärungen bezeichnet wurde, so wird es nicht schwer, die Antwort zu finden, wenn man einen Blick auf das Bild wirft, welches ich von des großen Friedrichs Regierung entworfen habe. Grade der Mangel an jener Konsequenz in allen, auch den geringsten Schritten des unsterblichen Königs und an der nie aus den Augen gesetzten Rücksicht auf den Grad der Kultur seines Volks hinderte den für alles Edle und Große so eifrigen Kaiser in Ausführung des Guten; und so konnte denn der Erfolg der Reinigkeit seiner Zwecke nicht entsprechen.

»Aber«, wird man mir einwenden, »sind denn nie Empörungen ausgebrochen gegen die weisesten und besten Regenten? Ist nicht der vortreffliche Heinrich der Vierte das Opfer einer solchen Verschwörung gewesen?« Freilich! und wer leugnet denn auch, daß falscher Religionseifer gegen gute Fürsten eine Mörderhand bewaffnen könne? Aber Königsmord ist ja nicht Umwälzung eines Regierungssystems, und vielleicht könnte man denen, welche der zunehmenden Aufklärung den Vorwurf machen, sie richte Verwirrungen in den Staaten an, grade die Erfahrung entgegensetzen, daß wir Beispiele von solchen Freveln nur da finden, wo der Fanatismus herrschte und die Aufklärung ihr wohltätiges Licht noch nicht verbreitet hatte.

Und wenn denn in keinem Lande gewaltsame Umkehrungen zu befürchten sind, wo die Regierung edel und konsequent handelt, welche herrliche Aussichten von Ruhe und Wohlstand haben wir nicht in Teutschland vor uns? – in Teutschland, wo soviel gute Fürsten den besten Willen, ihre Mitbürger glücklich und froh zu machen, mit erhabnen Vorzügen des Geistes verbinden und wo die, welche etwa noch durch fehlerhafte Erziehung und böse Ratgeber irregeleitet sind, auch bald durch gutes Beispiel, durch die allgemeine Stimme, durch ernsthafte Betrachtungen über die französische Revolution und, welches denn auch nicht schaden kann, durch Furcht von ihren Vorurteilen, Irrtümern und falschen Grundsätzen zurückkommen und einsehn lernen werden, daß ihr Interesse und das Interesse des Volks nur eines ist?

Reichet also selbst die Hände zur nötigen Verbesserung, ihr Regenten, weil es noch Zeit ist! Entsaget den elenden und kostspieligen Kindereien, worin so manche von euch ihren Ruhm, ihre Hoheit, ihren Glanz suchen! Was kann armseliger sein als eure Zirkel von hirnlosen, müßigen Hofschranzen? Versammelt doch um euch her – Männer, keine Affen!

Männer mit Kopf und Herz, die euch die Wahrheit nicht verhehlen! Was kann unnützer sein als eure herausgeputzten Puppen, die ihr Soldaten nennt, mit denen ihr, die ihr vor allen feindlichen Anfällen sicher seid, mitten im Frieden den Krieg spielt und denen der Hunger und die Sehnsucht nach ihren väterlichen Hütten aus den Augen blicken? Was kann geschmackloser sein als eure Feste, eure Cour- und Gala-Tage, an denen kein Herz teilnimmt, wo ihr dem Zwange und der Langeweile Stunden opfert, die ihr so nützlich, so segenvoll, so selig verleben könntet?

Gebet euren Untertanen das erste Beispiel in aller Art Tugend und Ehrerbietung gegen natürliche und konventionelle Gesetze, in Mäßigkeit, Arbeitsamkeit, Treue, Wahrheit und Häuslichkeit! Respektieret das echte Verdienst; zeiget Abscheu gegen Ränke und Kabalen, gegen Ausspäher und Anbringer und suchet das moralische Gefühl eurer Mitbürger zu veredeln!

Machet euch nicht zu Nachahmern, zu Dienern, zu Sklaven fremder Fürsten, indes ihr selbst zu Hause den Genuß der süßesten Herrschaft, der väterlichen Herrschaft über vernünftige und freie Menschen, die euch lieben, in vollem Maße schmecken könnt!

Entsaget der törichten Eroberungssucht und überzeuget euch, daß hundert Menschen glücklich und froh zu machen unendlich ehrenvoller sei, als Millionen mit Gewalt an das verhaßte Joch des Despotismus zu binden!

Verschanzet euch nicht in euren langweiligen Residenzen gegen den armen, durch die Unterdespoten gemißhandelten Landmann, der euch gern seine Not klagen möchte! Reiset in die Provinzen; sehet mit eignen Augen, höret mit eignen Ohren und verlasset euch nicht auf die Berichte derer, die euch die Augen verbinden!

Ehret alle nützlichen Stände und leidet nicht, daß sich gewisse Klassen privilegiert glauben, durch Hochmut, Unwissenheit und Müßiggang sich über fleißige und bessere Menschen zu erheben! Verbannet auf immer den Wahn, daß Verdienste, persönliche Vorzüge und das Recht auf Ehrenstellen und Staatsbedienungen vererbt und angeboren werden können!

Glaubet den schmeichlerischen Buben nicht, die euch für Statthalter Gottes, ja für Halbgötter ausgeben, den Heuchlern, die euch wahrheitsliebende Leute verdächtig machen wollen! Sie zittern aus Furcht, entlarvt zu werden, und hinter eure Majestät wollen sie sich verkriechen, damit man ihre Schelmenstücke nicht an den Tag bringe. Sie dürfen den bessern Mann nicht aufkommen lassen, damit ihr das wahre Verdienst nicht kennenlernet und sie nicht ihr Ansehn verlieren.

Ehret den Mann und danket ihm, der euch bittre Arzeneien gibt! Wer euch sagt, daß ihr die ersten Diener des Staats seid, daß ihr eure Macht aus den Händen des Volks erhalten habt (ein Satz, den der gute Kaiser Joseph selbst öffentlich bekannte), der meint es redlicher mit Befestigung eures Throns, der ist ein treuerer Diener als eure kriechende Sklaven. Jenen ist der Stellvertreter der Nation heilig, diese würden euch noch heute verlassen, wenn ein andrer Tyrann euch die Krone vom Haupte risse.

Rücket mit fort in der Kultur; leset die Werke der Geschichtschreiber und Philosophen, damit nicht unerwartet Wahrheiten in Kurs kommen, worauf ihr nicht vorbereitet seid, an deren Mißbrauch, wenn ein solcher Mißbrauch zu fürchten wäre, niemand schuld sein würde als ihr, berufene Erzieher des Volks!

Allein glaubet nicht, daß man durch Zwangsmittel und Edikte Meinungen lenken und Aufklärung hindern könne! Erlaubet immer, daß jedermann laut rede, und seid versichert, daß niemand weniger zu fürchten ist als der Schwätzer! Je mehr die Menschen plaudern, desto weniger handeln sie. Widerstand reizt, Einschränkungen erbittern. Verbote von der Art sind das sicherste Kennzeichen einer schwachen Regierung, erwecken den sehr gegründeten Verdacht, daß eure Schritte nicht sicher sind, daß eure Grundsätze das Licht scheuen. Was nicht in Teutschland gedruckt werden darf, wird auswärts verlegt, und was nicht öffentlich genossen werden darf, wird heimlich um desto gieriger verschlungen. Wenn die allgemeine Meinung zu eurem Vorteile spricht, wenn soviel Herzen von Liebe und Verehrung für euch erfüllt sind, wenn man euren guten Willen sieht und euren Einsichten trauet, was kümmert euch dann das Geschrei einzelner Schwindelköpfe? Und ist das nicht der Fall, so gebet die Rolle ab, die ihr nicht zu spielen verstehet! Wenn die Wahrheit reift, so trägt sie ihre Frucht, und alle Welt sieht, daß von dem Baume gut zu essen und daß er lieblich anzuschaun ist. Dann seid weise und stellet euch an die Spitze der Aufleser, damit es fein ordentlich dabei hergehe! Verbietet ihr die Frucht, so fallen sie euch bei Nacht und Nebel darüber her, und wer ist dann schuld an der Verwirrung und an den blutigen Köpfen?

Fühlt ihr nun die Notwendigkeit, bald eure Systeme, eure Maximen, eure Verfassung zu ändern (und wer von euch sollte die nicht fühlen?), murrt sogar schon heimlich euer Volk, so berufet die Landesstände; berufet frei gewählte Repräsentanten aus allen Klassen der Bürger; leget ihnen eure Wünsche, eure Klagen, eure guten Entschlüsse vor; überleget gemeinschaftlich mit ihnen, wie zu helfen sei; verheimlichet ihnen nichts! Ihr seid ihnen Rechenschaft schuldig; gebet sie freiwillig, ehe man sie euch abnötigt! Sie werden euch das zum Verdienste anrechnen, und ihr gewinnt dadurch an Macht und an Würde. Entwerfet bestimmte Gesetze, die dem Genius des Zeitalters angemessen sind, und entsaget aller willkürlichen Gewalt, die niemand verantwortlich sein will! Oh! versuchet es und glaubet, ihr werdet euch glücklicher und größer dabei fühlen als jetzt. Aber eure Wesire, eure Paschas, die sind es, die euch dahin nicht kommen lassen wollen – trauet ihnen nicht!

Ich bin ein schlichter Mann, freilich ehemals bei des Kaisers von Abyssinien Majestät kein unbedeutendes Subjekt gewesen, aber jetzt Notarius caesarius publicus in Bopfingen, und nichts weiter. Meinetwegen könnte es also wohl noch so bunt in der Welt her gehn; ich verlöre nichts Aber ich denke immer, ich müßte doch auch so meine unmaßgebliche Meinung sagen zu dem heutigen Revolutionswesen. Quaeritur: ob ihr dieses mein opusculum lesen werdet? – Das steht nun freilich dahin; indessen dixi, et liberavi animam meam.